牧《まき》 誠也《せいや》はその瞬間、一目惚れの意味を知った。
朝比奈さんの弁当食べたい
Asahinasan no Bento tabetai
JN035198

「じゃあみんなお疲れ様です、乾杯！」
角南《すなみ》　結衣《ゆい》
どこかつかみどころのない後輩。創、誠也とともに3人でよくつるんでいる。誠也のバイト先の後輩でもあり、少し小悪魔的。
朝比奈《あさひな》　亜梨沙《ありさ》
美少女な上人当たりが良く、成績も良い優等生。不格好な弁当を理由にした誠也の告白に、からかわれたと思いビンタしてしまう。

手塚《てづか》 創《そう》
とある理由から髪を金髪に染めているのと、コワモテのため不良だと周りに思われているが、本人が否定しないためそのまま。誠也とは幼馴染。
「「「乾杯！」」」
牧《まき》 誠也《せいや》
感情が表に出づらく、目つきが悪いのと、創とつるんでいるため不良と勘違いされているが本人は真面目。朝比奈さんの弁当に強い執着を持つ。

――朝比奈さんの弁当が食べたい。

朝比奈さんの弁当食べたい1

羊思尚生

HJ文庫
1019

口絵・本文イラスト　U35

Asahinasan no
Bentou tabetai

CONTENTS

プロローグ

牧誠也《まきせいや》はその瞬間《しゅんかん》、一目惚《ひとめぼ》れの意味を知った。

視界に収めているだけで昼休みの喧騒《けんそう》が遠くなる。教室を賑《にぎ》わすクラスメイトも、雑多に並べられた机も、全《すべ》て置き去りにして一人の少女だけが、誠也の目に見える全てになる。

こんな気持ちは初めてだ——と、誠也は雷《かみなり》に打たれたような衝撃《しょうげき》を受ける。

絆創膏《ばんそうこう》だらけの細い指が箸《はし》を操《あやつ》り、おかずを掴《つか》み口内へ消えていく。彼女《かのじょ》の喉《のど》が動き少し眉《まゆ》を顰《ひそ》める度《たび》、自身の喉もそれに倣《なら》って唾《つば》を嚥下《えんげ》することに彼《かれ》は気づいていない。

同じクラスだったはずなのに、何故《なぜ》今まで気づかなかったのだろう。こんな魅力的《みりょくてき》な存在に。

誠也は周囲に無頓着《むとんちゃく》だった自分を恥《は》じる。だがそんなことも、その光景の前では些末《さまつ》事だった。彼女がまた箸を動かし始めるとともに意識が持っていかれる。

彼女に釘《くぎ》づけだった。

彼女の——

——くっっっそマズそうな弁当に。

第一章

「朝比奈《あさひな》さんに告白したい」

放課後の視聴覚室《しちょうかくしつ》。そこが手塚創《てづかそう》と誠也のお決まりの溜《た》まり場《ば》だった。壁《かべ》に背をもたれ、椅子《いす》二つを使って足を伸《の》ばしながらスマホを弄《いじ》っていた創は、もそりとした誠也の宣言に、手を止めた。

「ああ？」

眉間《みけん》にしわを寄せて振《ふ》り向いた創の風貌《ふうぼう》は、金髪《きんぱつ》と元々少しいかつい顔の造形も合わさって高校二年生とは思えない迫力《はくりょく》を持っていた。着崩《きくず》した学ランもそれを助長させている。対する誠也はいつもの無表情を毛ほども変えることなく繰《く》り返す。彼が着る学ランはきっちりと校則を厳守しており、耳が少し隠《かく》れる程度《ていど》の髪《かみ》は黒く、創とは対照的に真面目《まじめ》な印象を与《あた》える。

「朝比奈さんに告白したい」

ご丁寧《ていねい》に一字一句繰り返された。どうやら聞き間違《まちが》いではないらしい。創は目頭《めがしら》を揉《も》んで状況《じょうきょう》を整理する。

朝比奈とは、恐《おそ》らく同じクラスの朝比奈　亜梨沙《ありさ》のことだろう。確かに彼女はクラスや学年を超《こ》えて学校中の男子の注目の的になるくらい人気の女子だ。その一目見たら忘れられない日本人離《ばな》れした可憐《かれん》な容姿は、一部の教師も狙《ねら》っていると噂《うわさ》になるくらいだ。彼女が着る学校指定のカーディガンや赤いチェックのスカートは、他《ほか》の生徒が着るそれよりも一段と映《は》えているようにも見える、などという生徒もいるくらいだ。告白する相手としては妥当《だとう》だろう。だが、問題はそこではない。

「おまえ、そんなキャラじゃないだろ」

そう、告白する人間が問題なのだ。創はジト目で目の前の幼馴染《おさななじみ》を見た。

視線の先の誠也が首を傾《かし》げた。

目つきが悪く、何を考えているのかわからない、というのが周囲の評価だ。そしてその評価はそれなりに付き合いが長い創であっても変わらない。まあ多少は理解している自負はあるのだが、こういう突拍子《とっぴょうし》もないことを言い出すプロセスだけは本当にわからない。

創が認識《にんしき》している誠也といえば、無感情、無趣味《むしゅみ》、無頓着をこねて人型に成型したような、そんな人間だ。いや、家族のことになると意固地になることを考えれば、感情はあるのだろうがほとんどお目にかかることはない。

──そんな男が、告白……？

創は得体のしれない恐怖《きょうふ》に身を震《ふる》わせた。

「おまえ、愛ってわかるか？」

冷静に考えるとかなり恥ずかしい質問が見た目金髪の不良から飛び出した。言っている本人も自覚があるのかほんのり顔を赤らめている。

「？　よくわからない」

「なんで告白なんかしようと思った？」

誠也と朝比奈が絡《から》んだところを少なくとも創は見たことがない。つまり──

──見た目か。見た目なのか。おまえも一端《いっぱし》の男ということか。

無意識に意味もなくドスを利《き》かせて詰《つ》め寄る創に、誠也はところてんじみた無味《むみ》無臭《むしゅう》フェイスでぼそりと答えた。

「朝比奈さんの弁当が食べたい」

「……弁当？」

創の頭に疑問符《ぎもんふ》が大量に湧《わ》いた。

「赤の他人が弁当を作ってもらうには、交際するしかない」

「いや、そんなこたぁねえと思うが」

「交際するしかない」

謎《なぞ》に押《お》しが強い。もう誠也の中ではそう結論づいているらしい。

「ちなみにおまえ、朝比奈自身のことはどう思ってんだよ」

「食べたい弁当を作る女子」

「……後は？」

「同じクラス」

「……」

「行ってくる」

「ちょっと待てや！」

言うが早いか、先走ろうとする誠也の首根っこを、創は器用にも座《すわ》ったまま捕《と》らえる。

「なんだ」

無理な姿勢になっているにもかかわらず、誠也は涼《すず》しい顔で創に振り向いた。

「ちょっと落ち着け、そしてとりあえずもっかい座れ」

こうと決めると止《と》まらない誠也にしては珍《めずら》しく、素直《すなお》に元の椅子へ座りなおす。

「いやもう、おまえが朝比奈をどう思ってるかはこの際置いとく」

——例えば胃袋《いぶくろ》を掴まれたとか、交際や結婚《けっこん》の理由は人それぞれあるからまあそこはいい。いいのか？　いいことにしよう。誠也が自分の気持ちを言葉にできていないだけで確固たるものがあるのかもしれないし。というかそういうことにしておこう。それはいいとして。

「告白っておまえ、どうやってするつもりだ」

創の質問にきょとんとして首を捻《ひね》る。考えてないのかよ、と創は痛み出した頭を押さえた。

幾《いく》ばくかの時間が過ぎて誠也が口を開いた。

「朝比奈さんを見つけて告白する」

「考えた結果がそれかよ」

さっきの宣言に毛が生えた程度の回答に、創は肩《かた》を落とした。

やる気はあるんだろうかと頭に浮《う》かぶ疑問に対して、表情が変わらないのでわかりづらいが、積極的に行動しようとしているのだからあるのだろう、と創は結論付ける。だが動機が不純かつ意味不明だった。なおかつ手段も支離滅裂《しりめつれつ》である。

なんだか馬鹿《ばか》らしくなってきて、創はボリボリ頭をかく。

噂によれば朝比奈という女子は、幾度《いくど》も告白を受けたものの一度として受け入れたことはないらしい。誠也の口ぶりからして接点もないだろうから、普通《ふつう》に考えて断られるだろう。どうせ言ったところで聞かないのだから、いっそ玉砕《ぎょくさい》させた方が早いのかもしれない。

と創は握《にぎ》ろうとしていた手綱《たづな》を諦《あきら》めた。

「おまえの話はわかった」

「そうか」

「だけどよ、今から朝比奈を捜《さが》すのは望《のぞ》み薄《うす》だ。そもそも、もう帰ってるかもしんねえし。

とりあえず明日改めて呼び出すなり、手紙を書いて下駄箱《げたばこ》に置くなりしてみたらどうだ。

おまえ今日もバイトあんだろ」

「なるほど。そうしよう」

うむうむ、と頷《うなず》く誠也を見て創は、なんで俺《おれ》は同い年の子守《こもり》をしてるんだと自分の狭《せま》い
人間関係を見つめ直すのだった。


翌日、同じ時間の同じ場所に二人はいた。正確に言うと一年後輩《こうはい》の少女も含《ふく》めた三人だ。

「で、結局呼び出したのかよ?」

いつもの二席占領《せんりょう》する座り方をしながら創は尋《たず》ねた。

「何の話ですか?」

長机の角にちょこんと腰《こし》かけている小柄《こがら》な少女、角南結衣《すなみゆい》がいつもの眠《ねむ》たげな目を輝《かがや》か

せて身を乗り出す。色素が薄く少し癖《くせ》のあるセミロングの髪が揺《ゆ》れて、甘《あま》い香《かお》りが創の鼻をくすぐった。

「同じクラスの女子に告白すんだとよ」

「え、先輩《せんぱい》が？」

ぶらぶらとしていた足が止まる。

「そうだ。手紙を下駄箱に置いてきた」

「手紙……」

結衣は呟《つぶや》いて黙《だま》り込《こ》む。日頃《ひごろ》から先輩先輩と口癖《くちぐせ》のように言っている彼女にとってははやりショックなのだろうかと、創は少し気遣《きづか》わし気《げ》に彼女の顔を覗《のぞ》き込む。

「可愛《かわい》い便箋《びんせん》を選ぶ先輩……」

にやけていた。

「いや、茶封筒《ちゃぶうとう》だ」

誠也はふざけていた。

「馬鹿かおまえ！」

創が思わず、指をピンと揃《そろ》えた手で不良らしからぬキッチリとしたツッコミを入れる。

「ダメなのか」

確認《かくにん》してくる誠也をバッサリと斬《き》る。

「ダメだろ」

「そうか……」

無表情でシュンとしている。どうやら彼なりに本気だったらしい。

「誠実な感じはしますね。セピア色の思い出になりそうですけど」

結衣の本気なのか皮肉なのか判断し兼《か》ねるフォローが空《むな》しい。

「あーやっちまったもんは仕方ねえ。で、手紙の内容は？」

「今日の放課後、五時十五分丁度に屋上に来てほしい、と」

「微妙《びみょう》に時間指定は細かいが、まあ普通だな」

「茶封筒に入っていると考えると、甘酸《あまず》っぱさゼロですけどね」

結衣も早々にフォローする気を失くしたらしい。いや、イジる方が面白《おもしろ》そうだと判断したのかもしれない。

「つか五時十五分つったらもうすぐじゃねえか」

「ああ、そろそろ出ようかと思っていた」

言いながら立ち上がる。

「行ってくる」

「いってらっしゃい先輩」

「まあフラれたら笑い話にしてやっから気張ってこい」

緊張《きんちょう》しているんだかしていないんだか、いつものどこか硬《かた》い歩き方で誠也は出て行った。

引き戸が閉まるのを確認して、創は結衣に尋ねる。

「おい、行かせてよかったのかよ」

誠也が出て行った方を見ていた結衣が振り返る。

「と、言いますと？」

「おまえ普段《ふだん》から先輩ラヴだなんだ言っててんだろ。これが成功したら嫌《いや》じゃねえの？」

「ああ、そのことですか」

眠たげな目を閉じる。

「構いませんよ。先輩と私の関係が変わるわけじゃありませんから」

無機質な笑《え》みで言い放つ結衣に、こいつはこいつで意味わかんねえな、と創は内心でため息を吐《つ》くのだった。

◇　◇　◇

朝比奈亜梨沙が下駄箱に入っていた茶封筒に困惑《こんわく》したのは朝のことだ。内心首を捻りながらも、彼女は夕焼けに焦《こ》がされる屋上でフェンスに背を預けながら差出人を待っていた。

アメリカ人と日本人のハーフであり、金色の長髪《ちょうはつ》と青い瞳《ひとみ》を持った日本人離れした容姿を持っている。男子生徒の人気が高い亜梨沙は告白を受ける回数もそれに比例して多く、高校生活二年目になった今でもそれは度々《たびたび》ある。一応ラブレターをもらったこともないわけではないのだが、流石《さすが》に今回の件は完全にイレギュラーだった。そもそもこれはラブレターなのだろうか、全く相手の意図が読めない。

それでも指示通り屋上にやってきたのは、彼女の生真面目《きまじめ》さが表れた結果なのか。

ともあれ、亜梨沙が茶封筒の差出人についてあれこれ考えを巡《めぐ》らせていると、鉄扉《てっぴ》が鈍《どん》重《じゅう》に開く音が聞こえた。亜梨沙は顔を上げる。夕日の朱《しゅ》が彼女の金色の髪の上で躍《おど》った。

「早いな」

扉《とびら》の奥《おく》から現れた少年はかすかにも揺らがない無表情で言った。封筒《ふうとう》にもあった彼の名前は、牧誠也。同じクラスにいる物静かな男子生徒だ。目立つ生徒ではないが、学校で有名な不良である手塚創と一緒《いっしょ》にいることが多いため、あいつも相当なワルなんじゃ、と近寄りたがる生徒はいない。普段の行動に素行不良は見られないため、あくまで噂の域を出ないのだが、もはや定着してしまったそれは人を遠ざけるには十分だった。

「ええ、十分前行動を心がけているから」

にこやかに答えながら、誠也が近づくのに合わせてゆっくりと歩く。

「真面目なんだな」

誠也に評されると、亜梨沙は困ったように笑う。

「クラスメイトに茶封筒を渡《わた》す人に真面目って言われると微妙な気分になるわ」

「やはり変なのか」

丁度手が届かないくらいの距離《きょり》で二人は立ち止まり、亜梨沙は頷く。

「個性的だとは思うけど。でもいいんじゃないかしら。独創性があるのはいいことよ」

「聞いたとおりだな」

誠也が呟くと、亜梨沙は首を傾げる。

「誰《だれ》かに私のことを聞いたの？」

「ああ」

頷いたきり、閉じた口を開く気配はない。もう少し掘《ほ》り下げたところを聞きたかったのだが、それ以上話す気はないらしい。質問を「ああ」の二文字で済まされた亜梨沙は、少し不満そうに髪をかき上げた。

「まあいいわ。で、私を呼び出したご用件は何？」

「告白をしたい」

「……そう」

やっぱりそうか、と亜梨沙は浮かべていた人あたりの良い笑みを潜《ひそ》める。

「俺と付き合ってほしい」

淡々《たんたん》とした告白を受けて、亜梨沙は再び口角を上げる。今、自身が浮かべている表情と誠也の無表情は同じ類《たぐい》のものかもしれない。そんな考えが頭の片隅《かたすみ》に過《よぎ》った。

「ありがとう嬉《うれ》しいわ。でも貴方《あなた》と付き合うことは出来ないの。ごめんなさい」

笑顔《えがお》に少しの謝意を滲《にじ》ませて頭を下げる。

「慣れているな」

言葉少なな誠也の感想を、この時ばかりは正確に汲《く》み取った。

「自分で言うのもなんだけど、こういう機会が人より多いみたいだから」

「そうか」

「そうなの。だから――」

「残念だ」

誠也のこれ以上ない素直な反応に、亜梨沙は一瞬《いっしゅん》きょとんとしてから眉尻《まゆじり》を落とした。

「……そう」

「何故《なぜ》俺《おれ》の告白は断られたんだ？」

小首を傾げた誠也を見て、亜梨沙は気づかれないように小さくため息を吐く。

「余程《よほど》の自信家……ってわけじゃなさそうね」

「わからないだけだ」

当たり前といえば当たり前な返答に、亜梨沙は何とも言えないやりづらさを感じながらも「まあいいわ」と前置きをする。

「今の私は目の前のことに必死で恋愛《れんあい》まで気が回らないの。第一、私はあなたのことを同じクラスということ以外、よく知らないから」

「そうか」

「理解してもらえたみたい――」

「つまり俺のことを知れば付き合ってもらえるのか」

「……そうはならないでしょ」

亜梨沙は思わずといった様相で頭を抱《かか》える。話して数分だが、この青年が面倒《めんどう》くさい性格というのはわかった。

「頭が痛いのか」

「……いいえ大丈夫《だいじょうぶ》よ」

誰のせいだと思ってるのよ、と苛立《いらだ》たしげに髪を梳く。金髪が夕日に透《す》けて輝いた。

「勘違《かんちが》いだったら申し訳ないのだけど、私達《たち》って今まで接点なかったわよね？」

「ない」

「えっと私に告白しに来たのよね？」

自分で言っていて恥ずかしいのか、頬《ほお》を赤らめている。夕日に紛《まぎ》れてわかりづらいのは彼女にとって幸いだったたか。

「ああ」

「ということは私の何かを気に入ってくれたのよね？」

「ああ」

「どこを気に入ってくれたの？」

フッた相手にこんなことを聞いて、自尊心を満たすような趣味《しゅみ》は亜梨沙にはない。ただ、純粋《じゅんすい》に気になったのだ。同じクラスなだけあって誠也のことはそれなりの頻度《ひんど》で見かけるが、こういうことをするような性格には見えなかった。

「弁当だ」

特に感情の起伏《きふく》もなく言われたその言葉に、顔を引き攣《つ》らせたのは亜梨沙の方だった。

「……は？」

「朝比奈さんの弁当だ」

誠也の言葉で、亜梨沙の脳に飛来するのは昨日の記憶《きおく》。

黒い甲殻《こうかく》に覆《おお》われた玉子焼《や》きを遠巻きに見る者たちの苦笑い。

通りがかりに見かけてフォローの皮を被《かぶ》った嫌《いや》みを放っていくクラスメイト。

教室の外から指さしながら何事かを囁《ささや》き合う他のクラスの生徒。

走馬燈《そうまとう》じみたフラッシュバックに導かれるように、亜梨沙が目の前の男へビンタをかましたことを誰が責められるだろうか。

◇　◇　◇

「ビンタされた。痛かった」

創と結衣が待つ視聴覚室へ誠也が頬を押さえて帰ってきたのは部屋を出て五分程《ほど》した頃《ころ》だった。

「結果は……聞くまでもねえな」

「可哀《かわい》そうな先輩……慰《なぐさ》めてあげましょうか？　今から保健室でじっくりねっとりと」

「今はいい」

無機質な笑みを張り付けた顔を赤らめ、小さな体で科を作る結衣をそっけなく袖《そで》にする。

「ふふふ、つまり後でねっとりするのですね……」

身悶《みもだ》えている結衣を放置して、創は手近な椅子を引いて親指で指した。

「つか早かったな。この短時間でビンタもらって帰ってくるって逸材《いつざい》だぞ」

「ありがとう」

「褒《ほ》めてねえから」

「残念だ」

「そーかよ」

はぁ、と創はため息を吐く。この飾《かざ》りっ気《け》のない言葉遣《ことばづか》いはどうにかならないものか。

「ま、いい経験だったと思って諦めるんだな」

「それは嫌だ」

言い聞かせるように言う創の言葉に、誠也は首を振った。

「……あん？」

「え？」

創と結衣が誠也を見つめる。

「俺は、朝比奈さんの弁当が食べたい」

創は耳を疑った。

誠也がここまでの執着《しゅうちゃく》を見せるとは思わなかった。誠也と創の付き合いは人生の半分を優に超《こ》えるが、彼が何かに拘《こだわ》るのを見るのはほぼ初めてのことだった。

「先輩、なんで朝比奈さんのお弁当を食べたいんです？　そんなに美味《おい》しそうだったんですか？」

「いや、くっっっそまずそうだ」

「お、おう、そうか。というかおまえ『くっっっそ』とか言うのな」

「キャラ崩壊《ほうかい》するほどなんですね」

誠也がキャラ崩壊するほどまずそうな弁当とは一体何なのか。後頭部に大きな汗《あせ》マークを貼《は》り付けて二人は苦笑いした。

「まずそうなら別に食わなくていいだろ」

「いや、食べたい」

かつてないくらい頑《かたく》なである。

とは言ってもフラれてしまったものはどうしようもない。どうしたものかと創が頭を悩《なや》ませていると、結衣が半分以上カーディガンの袖に隠れている両手を叩《たた》く。その目は無気力の中に悪戯《いたずら》っぽい輝きを宿らせていて、創は何となく厄介事《やっかいごと》の気配を感じ取った。

「こうなったら押せ押せ押せです。向こうが折れるまでアプローチしましょう」

「おまえそれ大丈夫なのか？」

ビンタされるほど好感度の低い相手がしつこくコンタクトを取ってきたら鬱陶《うっとう》しいことこの上ないのではないか。と創は思いっきり地雷《じらい》を踏《ふ》むような気がしてならなかった。半ば睨《にら》むような恰好《かっこう》で問いかけるも。普通の生徒なら怯《ひる》んでしまうだろうが、結衣はそういう普通の感性を持ち合わせていなかった。

「でもでも先輩が諦めたくないという以上、このままというわけにもいかないですよ」

「いや、断られたなら我慢《がまん》しろよ」

「それは嫌だ」

「こいつマジで……」

自分の感情だけ通そうとする駄々《だだ》っ子のような返事に創は頭を抱えた。

「ほら先輩もこう言ってることですし、作戦タイムですよ創さん」

結衣は実に楽しそうだ。

「そもそもよ、なんでビンタされたんだよ。相当怒《おこ》らせないとそんなことにならねえだろ」

「確かにそうですよね。先輩、心当たりはないんですか？」

「わからない。どこを気に入ったのかと聞かれたから、朝比奈さんの弁当だ、と答えたら、ビンタされた。痛かった」

誠也が赤くなった頬をさする。

「あー」

「あー」

結衣と創の声が揃った。

「痛かった」

相当痛かったのか、繰り返し訴《うった》える誠也をよそに、創はクラスメイトの会話を思い出していた。

曰《いわ》く、朝比奈が持ってきた弁当の出来が、それはそれは酷《ひど》かったらしい。あの人も苦手なことがあるんだね、と、嫉妬《しっと》を内包した嘲笑《ちょうしょう》とともに話しているのを聞いて、創は胸糞《むなくそ》悪いとその場を立ち去ったのだが。

「要するに地雷を踏みぬいたのか」

「先輩……バイト的に気遣いできないとなのに。まあ、そういう先輩も愛《いと》おしいですけど」

隙《すき》あらばアピールしてくる結衣は置いといて、初対面で気にしてるところをこねくり回してくるような相手を受け入れる心の広い人間が、果たしてどれほどいるだろうか。

「まあでも朝比奈さんって人当たりいいんですよね。根に持ったりはしないのでは？」

「その人当たりが良い奴《やつ》にビンタさせたことが問題のような気もするんだがよ……だがまあ、それはその通りかもな」

「つまりは押せ押せ押せですね？」

「押せ押せか」

「押せ押せですよ」

「おまえらそれ言いたいだけだろ」

楽しそうに肩を揺らす結衣と、仏頂面《ぶっちょうづら》で彼女に付き合っている誠也。一人頭を抱えている創はなぜ俺だけが真剣《しんけん》に悩んでいるんだろうと自問自答する。いかにも不良然とした見た目に反する面倒見《めんどうみ》の良さは創の長所なのだが、今回はそれが裏目に出ているようだった。

「じゃあ創さんは何かいい案でもあるんですか？」

若干《じゃっかん》頬《ほお》を膨《ふく》らませた結衣が言葉を返してくる。誠也とのひと時を邪魔《じゃま》されたのが不満だったのか、創が仲間に入らなかったのが不満なのか。

ともあれ返された問に創はうっと詰まった。なんだかんだ言って創自身も恋愛経験はないのでこういう類の話題は苦手なのだ。創の表情で察したのか、むふー、と結衣がドヤ顔で鼻を鳴らす。

「ここは数々の男を手玉に取ってきた、恋愛マスター結衣にお任せですよ」

「おまえのは参考にならないだろ。後、今回の相手は女だ」

「おっとお忘れですか？　私こそが、その『女子』ですよ。女心もお任せあれの完璧超人《かんぺきちょうじん》、結衣です。こんにちは」

「こんにちは」

誠也が律儀《りちぎ》に返事をする。挨拶《あいさつ》されたら返す、というプログラミングが働いたのだろう。

「はあぁ純粋な先輩尊い……」

結衣が頬に両手を当てて何やら身悶えている。

「……もう何かどうでもよくなったわ」

やってらんねえと肩をすくめる。

「まあそういうわけで、ひたすらアプローチあるのみです」

物申したい気持ちはあるが、創自身あまり積極的に関《かか》わりたい類の話でないし、経験がないのも事実なので恋愛マスターの言うままにさせてみることにする。

「まずは再度ラブレターアタックを敢行《かんこう》します。まず封筒と便箋を可愛らしいものに替えて、朝比奈さんの心を鷲掴《わしつか》んでですね――」

そして始まる恋愛講座を横から眺《なが》める。熱心に語る結衣と確実に使わないだろうメモを取る誠也を見ているのも、少なくとも暇《ひま》つぶしにはなるだろう。大きなあくびをしながら創は二人がバイトに出かけるまで、その様子を見守るのであった。

◇　◇　◇

――今日は誠也と結衣が出勤だったか。

受付のカウンターで肘《ひじ》をつき、ママはタバコの煙《けむり》をくゆらせながらあくびをした。怪《あや》しげな色の間接照明が照らす薄暗《うすぐら》い店内にまだ客の姿はない。そもそも後ろ暗い客が大多数を占《し》めるこの店に、満員御礼《おんれい》などという文字はない。もっともママにとって、商売繁盛《はんじょう》という言葉は面倒事と同義語なのだから、この場末感漂《ただよ》う店内は望んだ景色だった。金など衣食住とタバコ、それと週に一回ギャンブルに費やすはした金があればいい。帰りに缶《かん》ビール一本あおれたら文句のつけようもない。

ドアベルが鳴る。冴《さ》えない風貌でくたびれたスーツの男が背中を丸め恐る恐る店内を窺《うかが》うように入ってきた。虎《とら》の穴にでも忍《しの》び込むような怯《おび》えようだ。顔に見覚えはない。

この店には看板なんてないからふらりと立ち寄る可能性は皆無《かいむ》だ。かといって『枝』なら一人では来ないはず、必ず紹介《しようかい》元の人間が一緒にいるはずだ。つまりこいつはどこかから噂を聞きつけてきた単独の一般客《いっぱんきゃく》だ。

音を立てたら取って食われるとでも思っているのか、男が過剰《かじよう》なまでの丁寧さでドアを閉めているのを見ながら、ママは鼻を鳴らした。タバコの煙が鼻の穴から吹《ふ》き出し、カウンターを這《は》うようにして消えていく。

わざわざ虎穴《こけつ》に入ってくるということは求めるものがあるということで、どんなに挙動がヘタレてようが欲望に忠実な辺り、こいつも男ということなのだろう。カウンター脇《わき》に置いた灰皿へ吸っていたタバコを乱暴に押し付ける。どぎついピンクの口紅がついた吸《す》い殻《がら》は、フィルターギリギリまで吸い尽《つ》くされてこんもりと小さな山を築いていた。

吸い殻の山を崩さないように格闘《かくとう》していると、男から声がかかる。

「あの……」

目を向ける。相手の視線は逸《そ》らされたままだ。ふん、ともう一度鼻を鳴らすとママは懐《ふところ》から新しいタバコを取り出して火をつける。

「誰だい?」

しゃがれた声で問うと、男は目を見開きこちらを見てきた。

——大方私が女だとでも思っていたんだろう。珍獣《ちんじゅう》を見るような目で見てきやがって気に食わない。

ママの怒気《どき》を察したのか、男は慌《あわ》ててまた視線を逸らすとぼそりと口を開いた。

「……田中です」

カウンターの名簿《めいぼ》に目を走らせると同時に、脳内に名簿を思《おも》い浮かべて照らし合わせ、はて、と考える。そして田中が目の前の男であることに思い至ると苛立ちが倍増した。

「あんたの名前なんかどうでもいいんだよ！　指名は誰だって聞いてんだ」

慌てふためきながら頭を下げる男をこれだから新規の客は嫌なんだ、とタバコのフィルターを噛《か》みながら胸中でぼやく。

やがて男が、蚊《か》の鳴くような声で「いないです」と答えると、ママは男にかかるのも構わず鼻から煙を吹いた。

「じゃあ適当に宛《あ》てがうから奥で待ってな」

ママが指差すと男は返事もそこそこに、そそくさと仕切りの奥へ消えていった。その丸まった背中を見送り、今店にいる者を思い浮かべながら電話機に手を伸ばす。今月売り上げが少なかった人間から適当に見繕《みつくろ》い指名して受話器を置いた。

ああいう客を見ると無性《むしょう》にイライラする。カウンターに肘をついて頭を支え、気だるげにタバコの灰を落とす。

別にここの客でなきゃどうでもいい。外でなよなよした人間を見ても気にも留《と》めないし、現に今日行きつけのコンビニのレジ打ちが半泣きでまごついても何の感情も湧かずに待っていた。だが、この店に客として現れた以上は、甘えた態度をすることは許されない。ママはそう思うのだ。

そこまで思い至って、自分の考えを一笑《いっしょう》に付した。いつから自分は他人に何かを求められるようなご身分になったのか。

くっくっと、怪しく照らされた薄暗い部屋で一人自嘲《じちょう》する。きっと誰かがこの部屋を見たら、通報されるくらいには危ない光景に見えるだろう。それもおかしくて笑いを助長させた。

タバコをフィルターギリギリまで堪能《たんのう》して灰皿に捨てる。新しいものを取り出し、火をつけて最初の一口を吸ったところで、再びドアのベルが鳴った。

ママが目を向けるよりも早く、一組の男女が入ってくる。

「お疲《つか》れ様《さま》です」

「お疲れ様です。……ママ何か面白いことでもありました？」

「お疲れ。いや何でもないよ」

現れた誠也と結衣の顔を見て、ママはまだ新品と変わらない長さのタバコを灰皿に押し付けた。体を起こし、カウンターの上で手を組む。

「今日も閑古鳥《かんこどり》が住み着いてるような勢いですね」

結衣が軽い口調で揶揄《やゆ》してくる。

「はっ、人間が住み着くよりは楽でいいさね。それに客なら一人来たよ」

「あら、誰ですか？」

「田中とか言ってたけど、初めて見た顔だね。大方ネットかなんかでうちの噂を聞いてきた手合だろうよ」

「ママ、またぞんざいな接客しましたね？」

色のない笑みを僅《わず》かに深めて結衣が問う。

「いいんだよ。どうせうちに来る客なんてろくでもない連中ばっかなんだから。私がどうしようが来たい奴は来るし、来ない奴はもう来ない。……ああ、悪いね」

ママと結衣が話す横で、誠也が溜《た》まった吸い殻を処理する。気の利く子だ、と感心しながらママは誠也を見遣《みや》った後に結衣を見る。一見、眠たげな目とアルカイックスマイルで構築されたポーカーフェイスは変わらないように見えるが、その瞳の奥は熱に浮かされている。なんなら瞳の奥にハートマークでも見えそうだ。

——本当に仲がいい。

ママは当人たちに気づかれない程度に頰を緩《ゆる》めた。

店に連れてこられた結衣に、指導役として誠也をつけたのが始まりだった。人手が足りなかったとはいえ、当時すでに感情の起伏がなかった誠也に新人を任せるのは不安だったものだが……なかなかどうして、結衣はよく誠也に懐《なつ》いている。むき出しの欲望ばかりの世界だからこそ、誠也の素っ気なさが救いになったのか。結衣が誠也の中に何を見たのか、ママにはわからない。

それにしてもこの二人を見ていると、若い頃片思いしていたことを思い出す。ママにも想《おも》い人に好かれるため、必死になって料理を勉強した時期があった。今では自分用の酒のツマミを作るくらいにしか役立っていないが。

こんな場末でなければ絵になったろうに——と、ママはあり得た可能性に思いはせる。

「じゃあ先輩を手伝ったら準備しますね」

二人を見送り、ため息を吐く。

今さらママに正義漢ぶる気はない。世界が幸せになんて願ったこともなければ、目の前で争いが起きたら、それを肴《さかな》に缶ビールを飲むくらい平気でするだろうと、容易に予想できる。

でも、とママは誰に聞かせるでもなく論じる。

他人は自分が幸せになるための踏み台だと思っているような悪党でも、酒とタバコに縋って生きる俗物でも気に入った奴に敬意を払《はら》ったり幸福を願うくらいは、人並にするのだと。

第二章

幼い亜梨沙が海岸にいた。

彼女《かのじょ》は一心不乱に砂で山を作っている。まだ小さな両手に精一杯《せいいっぱい》の砂を乗せる。風で砂は逃《に》げていく。指の隙間《すきま》からも零《こぼ》れていく。山の上にかざす頃には手の中には最初の半分も砂は残っていなくて、山も風で流されて小さくなっていた。みるみる涙《なみだ》が溢《あふ》れてくる。

隣《となり》で高い山を作る父が教えてくれる。

スコップを使えばもっと簡単に砂が掘れるよ。

砂を海水で濡《ぬ》らせば風にも負けないよ。

亜梨沙は父の言うことを無視して、腕《うで》で涙を拭《ぬぐ》い乾《かわ》いた砂を素手《すで》で運び続ける。

父は困ったように笑いながら、ただ亜梨沙を見守っている。

——お父様を困らせないで。

亜梨沙は眼前の幼い自分に声を掛《か》ける。

それでも彼女は一心に砂を運び続けていた。

鳥の鳴き声が聞こえて亜梨沙の意識が持ち上がる。

カーテンの隙間から差す光を手で遮《さえぎ》って瞼《まぶた》を開いた。

「……くぁ」

起き上がり伸《の》びをする。

何か懐かしい夢を見ていた気がする。

一人用にしては少し広いベッドの端《はし》までずりずりと移動する。ベッドに踵《かかと》をつくたびスプリングが体を小さく跳《は》ねさせた。立ち上がり、もう一度伸びをして支度《したく》を始める。

慌てるのが嫌なので、亜梨沙はいつも少し早めに起床《きしよう》していた。

自室の隅《すみ》に鎮座《ちんざ》した、高校生には不釣《ふつ》り合いな化粧台《けしようだい》へと向かう。家にいることの少ない父親からの贈《おく》り物《もの》の一つだ。鏡に映る自分と目を合わせる。朝の日差しをくしけずったような金髪《きんぱつ》と蒼穹《そうきゆう》を凝縮《ぎようしゆく》したような青い瞳は、今は亡《な》き母親譲《ゆず》りの物だ。少し気の強そうな顔の造形は父親からの遺伝が強いが、今はその容貌《ようぼう》も眠気《ねむけ》に浸《ひた》されて少しだらしない。身だしなみを整えて自室を出て用意された朝食を口にする。昨日給仕《きゆうじ》に少し量が多いと言ったせいか、今日は程よい分量に収まっていた。給仕に礼を伝えて家を出て黒塗《くろぬ》りの車に乗り込む。

亜梨沙は朝の時間が好きだった。緩く包《つつ》み込む日差し。幾種類《いくしゅるい》もの交差する鳥の鳴き声。柔《やわ》らかく撫《な》でる風。かすかに残る眠気がそうさせるのか、朝を構成する全《すべ》てがタオルケット一枚隔《へだ》てたように亜梨沙には優《やさ》しく感じられた。

他の生徒の視線を感じながらも校門を潜《くぐ》って下駄箱の扉を開く。

一枚の封筒が入っていた。

うっ、と頬が僅かに引きつる。頭に昨日の出来事が過るが、頭を振《ふ》ってそれを追い出した。

大丈夫、前に入っていた茶封筒ではない、と自分の心を落ち着けた。何種類ものデフォルメされた動物が描《えが》かれた便箋は男子が出したとは思えないほどに可愛らしい。改めて見て思わず微笑《ほほえ》んだ。

差出人は書かれておらず、封《ふう》を切って中の便箋を取り出した。

『屋上で待っている』

あ、これ奴だ。亜梨沙の頭にそう浮《う》かぶとともに、謎《なぞ》のしてやられた感が胸を満たした。中に入っていた手紙に書かれた定規で引かれたような文字は、そこだけ切り取れば身代《みのしろ》金《きん》の受け渡し場所が書かれてると誤解されかねない。だが、シャボン玉にフワフワと囲まれたような縁《ふち》取《ど》りのファンシーなそれを犯罪者が使うはずもない。もはや時間の指定すらないその文章は、書かなくてもわかるやろ、というドヤ顔すら浮かばんばかりだ。勝手に手慣れてるんじゃないわよ、と亜梨沙はツッコミを入れたい気分になる。しかし実際伝わってしまっている自分がいて、それが悔《くや》しかった。

ひとまずその便箋をやや乱暴にカバンに押《お》し込んで教室へ向かう。

「おはよう朝比奈さん」

「おはよう」

「朝比奈さんおはー。今日も可愛いね！」

「おはよう。うふふ、ありがとう」

「朝比奈さん、今日の体育一緒にチーム組んでよ」

「私からもお願いするわ、よろしくね」

廊下《ろうか》で話しかけてきた生徒達に、にこやかに返事をしながら、意識は便箋に残っていた。

今時数多くないとはいえ、亜梨沙が受け取ったラブレターでドッキリだとか悪戯の類だった物はなかった。真剣だったり、あわよくばだったり、本気の度合に差はあれど、付き合いたいという手紙の内容を違《たが》えることはなかった。――断った結果、暴言や暴力を振るうことがあっても、だ。

危険がないという意味では、誠也の方が幾分《いくぶん》かマシなのかもしれない。昨日のやり取りはどこかとぼけていて、からかわれているのは腹が立つものの身の危険は感じないのだから。

そこまで考えてブンブンと首を振る。

いやいやよくはないだろう、と自分にツッコミを入れた。

誠也がラブレターを置いたところで他の人のそれが減るわけではないのだから、単純に手間が増えるだけだ。

——そもそも昨日の今日で書いてこないでよ。毎回の積み重ねで私の時間がどれだけ費やされるか。大体本気じゃないなら、そんなことに時間を使うよりもっと有意義なことがあるじゃない。

笑みを浮かべながら教室に入り席に着く。その間中も誠也という燃料でヒートアップした脳内はぐるぐるとストレスを自動生産し続ける。

誠也の訳も分からない行動に、亜梨沙はうんざりしていた。

あの男はなんなのだ。私のことが嫌《きら》いなのか知らないがどれだけ仕掛《しか》けてくる気だ、と暴れ出したい気分だった。

「朝比奈さん、おはよう」

「……お、おはよう」

亜梨沙が席に着くなり、件《くだん》の男子が律儀に前までやってきて挨拶をしてきた。亜梨沙は笑みを浮かべることも忘れて挨拶を返す。それで満足したのか、誠也は何か話しかけてくるわけでもなく自分の席へ帰っていく。

何だったんだろう、と呆気《あっけ》にとられながらそれを見送る。

「ねえ、朝比奈さんって牧君と仲いいの？」

「え？」

入れ替《か》わりに掛けられた声へ視線を向けた。亜梨沙の席の正面で一人の女子生徒が少し腰《こし》をかがめるようにしてこちらの様子を窺っていた。

「だって今まで牧君が手塚君以外の人と積極的に話すとこ見たことないからさぁ」

興味本位なのを隠《かく》そうともしない表情で聞いてくる。内心でため息を吐きながらも亜梨沙は人当たりの良い表情を作って答える。

「あらそう？　クラスメイトなんだもの、挨拶くらいするわ？」

「なーんだ、てっきりあの鉄壁《てっぺき》の朝比奈さんにもついに彼氏《かれし》ができたのかと思ったのに」

「勘違いさせてごめんなさい。私にはまだそういうのは早いと思うから……」

唇《くちびる》を尖《とが》らせる女生徒に、柔和《にゅうわ》に答えた。

彼女は物足りなそうにしながら元いたグループに合流すると何やら話し始めた。

朝のホームルームを終えて授業が始まる。一時間目は数学だ。亜梨沙が属するこの学校は進学校ということもあり、授業中は無駄話《むだばなし》をする者が少ない。教師の声と黒板にチョークを引く音、そしてノートをとる音だけが鼓膜《こまく》を揺《ゆ》らす。無駄《むだ》な音がない空間が亜梨沙は好きだった。たまに聞こえる鳥の鳴き声もいいアクセントになっている。

「じゃあ……朝比奈。これやってみろ」

教師が黒板隅に書かれた日付をちらりと見遣り、亜梨沙を指名した。黒板に書かれたイコールの先が途切《とぎ》れた問題を見る。公式の使い方に少し応用が必要な問題だったが、それは亜梨沙が予習していた範囲内《はんいない》だった。インプットした知識を介《かい》して答えを弾《はじ》いていく。傍目《はため》から見れば突然《とつぜん》指名されてすらすらと解いているように見えるのだろうか。亜梨沙は数字とアルファベットで埋《う》まった頭の片隅で思った。

「できました」

おお、とどこからか感嘆《かんたん》の声が聞こえた。

「さすがだな。どこかの不良とは格が違う」

特定の誰かを見ながらそう言った教師の、後半の言葉には触《ふ》れず会釈《えしゃく》をして席に向かう。その途中《とちゅう》で自分の席の後方、教室の一番隅の誠也の席が目に入った。

その席の主は頬杖《ほおづえ》をつきながら視線だけを亜梨沙に向けていた。

亜梨沙は一瞬立ち止まり、何事もなかったかのように歩を進めて席に着く。

——こっち見てた？　いやでも前に出てる生徒を見るのは普通《ふつう》よね……？

静かだった教室が称賛《しょうさん》と嫉妬で騒《ざわ》めいている中、亜梨沙はそれを意識の外へ締《し》め出して、自分が書《か》き綴《つづ》った式を解説する教師の声を聞くのだった。

その後の授業でも亜梨沙は何かと注目の対象だった。英語で朗読をしたらALTのアメリカ人から拍手《はくしゅ》される。体育になれば出番になるたびに、女子から離《はな》れた位置でサッカーをしていた男子からも歓声《かんせい》が沸《わ》く。特に目立つ場面がなくても、時折盗《ぬす》み見られるように他生徒の視線を集めていた。

しかし、当の亜梨沙本人はそれどころではなかった。ケースに黒猫《くろねこ》のシールを貼った消しゴムを落としたら、教室の一番端にいるはずの誠也が真ん中の席に座《すわ》る亜梨沙のもとへ「落としたぞ」と差し出してくるし、授業で班を作ることになったら必ず食《く》い込《こ》んでくる。

なんか怖《こわ》いんだけど、と亜梨沙は得体のしれない恐怖《きょうふ》を感じていた。

そんな謎の猛攻《もうこう》を受けて、昼休みになり亜梨沙は机の上で腕を組んで顔を埋めていた。本当はべたーっと机に突《つ》っ伏《ぷ》したいが、『それはさすがにはしたない』というなけなしの品性が亜梨沙を思いとどまらせた。

——何なのいったい……？

悪戯にしては変則的過ぎる。嫌《いや》がらせにしては親切っぽいこともしてくる。目的が理解できなかった。相手の意図は全く読めないがとにかく疲れる。金属やすりで神経が念入りにすり減らされているような心地《ここち》だった。

うーっと周囲に聞こえない程度に唸《うな》っていると、ひそひそと囁く声が耳に入ってきた。

「……朝比奈さんどうしたのかな?」

「……やっぱりこの前のお弁当が——」

亜梨沙は耳が熱くなるのを自覚した。

跳ねるように体を起こして席を立つ。遠巻きに話していた女生徒がビクリと震《ふる》えた。

——とりあえず売店でお昼ご飯買おう。

周りの顔を見ないようにして教室を出る。売店は一階にある。亜梨沙の教室は二階にあるので、階段を下りなければいけないのだが。

ひたっひたっ、と。

亜梨沙の後ろをぴったりと一組の足音が追いかけてくる。

——え?

冷たい汗が伝う。少し足を速める。

ひたひたひた……。足音も速くなる。

――なに……？

怖気《おぞけ》に襲《おそ》われて亜梨沙は弾かれるように走り出す。

ダダダダダダッ！

――なんかついてきてるんですけどぉっ⁉

目の前の階段を四段飛ばしで駆《か》け下りる。踊《おど》り場《ば》で自分が今下りてきた方を見れば、誠也が無表情のままものすごい勢いで追いかけて来ていた。

「ぁにっ⁉　なんらのぉ⁉」

あまりの恐怖に亜梨沙の呂律《ろれつ》が回らなくなっている。昔テレビでやっていた、液体金属でできたロボットがひたすら追いかけてくる映画が脳裏《のうり》を過《よぎ》った。

「朝比奈さんが困った時に颯爽《さっそう》と現れて助けろと恋愛マスターが言っていた」

困らせている元凶《げんきょう》が何か言っている。誠也の上半身の静と下半身の動のギャップが半端《はんぱ》ではなく、亜梨沙の肌《はだ》が粟立った。

「颯爽すぎるからっ、怖いからあぁっ！」

悲鳴じみた声を上げながら亜梨沙は逃げ惑《まど》うのだった。

◇　◇　◇

誠也の対亜梨沙攻城《こうじょう》戦が始まってからしばらく経《た》った。

幾度《いくど》となく敢行されたミッションの結果は、創から見て、というより誰《だれ》の目から見ても芳《かんば》しくない。確実に対象を仕留めにいっている。恋愛《れんあい》的な意味ではなく、生命的な意味で。

あまり親交のない創の目から見てもわかるほど、日に日に亜梨沙はやつれていった。亜梨沙が友人に相談したら大事になりそうなのだが、人の良い亜梨沙の気遣《きづか》いなのか、今のところそれらしい動きはない。段々気の毒になってきて自重を呼びかけるも、誠也は「恋愛マスターは絶対だ」と妙《みょう》な宗教に入ったような妄信《もうしん》ぶりだし、当の恋愛マスターも「弱っているときこそチャンスです」とか見当違《けんとうちが》いなことを言い出す始末だ。弱らせてどうするんだ、と創は思ったが、結衣は誠也のことになると判断が鈍るというか、「先輩《せんぱい》にアプローチされてるんだから嬉《うれ》しくないわけがない」などと思っている節がある。世にいう八方塞《ふさ》がりである。

事が起きたのは、いつものように告白しに行った誠也を、視聴覚室《しちょうかく》で結衣とともに待っていた時のことである。

誠也を介さなければ積極的に会話もしない二人は、かといって気まずい空気というわけでもなく、結衣はスマホをいじり、創は読書と各々《おのおの》好きなことをしていた。そんな静寂《せいじゃく》が乱暴に開けられた引き戸によって破られる。

ビクリと音につられて目をやると、後ろに誠也を引き連れてわなわなと震えながら俯《うつむ》く少女がいた。彼女の金髪がメデューサのようにユラユラと揺らめいているように見える。

「……あんたたちね」

地の底から響《ひび》くようなドスの利《き》いた声が部屋の空気を震わせる。隣の結衣からピィと聞いたこともない悲鳴が聞こえた。

「いい加減にくぁせdrftgyふじこ！！！！！！！！！！！！！！！！！！！！！！！！！」

魂《たましい》の慟哭《どうこく》である。

キャラ崩壊しているうえ、後半は言語も崩壊していたが『！』の多さで怒《いか》りのほどはこの上なく理解できた。

肩《かた》で息をする亜梨沙に創は同情の視線を向ける。

「大丈夫《だいじょうぶ》か」

一人教室手前の廊下で突っ立っている誠也が声をかけるものの、明らかに悪手である。

「オマエガイウナ」

亜梨沙から出た言葉がカタコトに聞こえる。街中で輩《やから》に絡《から》まれて喧嘩《けんか》が絶えない創が見ても背筋が震える程度には怖い。「そうか」とすごすご引き下がる誠也は心なしかシュンとしているものの、怯えた様子は見られない。改めてこいつすげえな、と現実逃避《とうひ》気味に創は思った。

「牧君に入れ知恵《ぢえ》してたのは誰よ？」

親指で背後の誠也を指す姿に普段《ふだん》のおしとやかさはない。

「私ですけど」

平坦《へいたん》な声とともに結衣が手を挙げる。彼女も一見動じてないように見えるが、近くにいる創には、挙げた手の震えと目元に溜まる涙が見えている。見え見えの強がりに、というかさっき「ピイ」言うてたやん、と創の流れてもいない関西人の血が騒《さわ》いだ。

「あなた、なんのつもりよ」

「朝比奈さんのことが気になってるって言うのでアプローチのお手伝いを……」

「学校にいる間常に後ろをついてくるのがアプローチ⁉ 大して親しくもない男子に一日中マークされる恐怖がわかる⁉ 一日の始まりを下駄箱《げたばこ》の謎の封筒《ふうとう》で台無しにされるこの気持ちがっ！ あなたにっ！ わかるのっ⁉ ぶげぇあ⁉」

話してるうちに怒りが再燃してきたのか、謎の鳴き声が噴出《ふんしゅつ》した。

「ご、ごめんなさい……」

気迫《きはく》に圧倒《あっとう》されて結衣は俯き、プルプルと震えている。その姿に普段の飄々《ひょうひょう》とした様子は微塵《みじん》もない。元々全体的に色素が薄《うす》いので儚《はかな》い印象が強まり、嵐《あらし》の前の花にも見えた。

自業自得《じごうじとく》とはいえ、さすがに同情する。

創が心の中で合掌《がっしょう》していると、きっ、と亜梨沙が創に向き直った。

「あなたもよ」

「んぉ、俺《おれ》か？」

「蚊帳《かや》の外感出してんじゃないわよ！　あなただってその相談の場にいたんでしょ、止めなさいよ！」

「いや、一応止めたんだけどよ……」

「止まってないじゃないのよ！」

「確かにそうだけどよ。朝比奈……こいつが何か言って聞くと思うか？」

宥《なだ》めるように言いながら創が誠也を指さす。亜梨沙は誠也を見た。

創を見る。

もっかい誠也を見る。

沈黙《ちんもく》。

「もがあぁぁぁぁああああああああぁぁ！！！！！！！！！！！！」

！！」

　創の言葉に納得《なっとく》はしたがそれはそれとして怒りは収まらない、の雄《お》たけびだった。

　世の中ままならないよな、と創も思わずほろりとする。

「気持ちはわかる。まあ水でも飲めよ」

　ぜえぜえとさっきよりも息を切らす朝比奈に、封を切ってないペットボトルの水を差し出すと、「ありがと」と素直《すなお》に受け取る。一旦《いったん》座《すわ》って落ち着け、と椅子《いす》を引けば大人しく収まった。廊下で突っ立っている誠也にも目配せして適当に座らせる。が、やらかした自覚はあるのか誠也は近づくものの、席につこうとはしなかった。

　亜梨沙はペットボトルの封を切ると一気にあおった。男らしい行動でも気品が漂うのはさすがといったところか。創は変なところで感心してしまう。気品も何もない雄たけびを上げた後では焼け石に水なのだが。

　ペットボトルの中身がみるみる減っていき、全て飲み干して大きく息を吐《つ》く。そしてきょろきょろと見回すと口に手を当てて、うふふと笑った。

「私としたことが取り乱してしまったわ」

　――もう手遅《ておく》れだよ。

　喉元《のどもと》まで来ていた心からのツッコミを無理やり飲み下しながら、創は算段を立てる。

誠也の想い人（仮）どうこうは置いといて、創にとってこの溜まり場でフリーダム二人組に悪戦苦闘《あくせんくとう》していたところにようやく現れたまともな感性の人間だった。先ほどまでの暴れっぷりを見るに、まともであるか少々怪しいが、とにかく自分の理解者となってくれそうな人間を逃《のが》す手はなかった。

「朝比奈、心中察するわ」

「あなた手塚君よね。ええ、さすがにこたえたわ……」

亜梨沙は力なく首を振る。相当参っていたらしい。さもありなん、と創は深く同情した。

「一応あいつらも悪気があるわけじゃねえんだ。大目に見てやってくれよ」

誠也はともかく結衣の場合、悪気の有無《うむ》は微妙《びみょう》な線ではあるが。とはいえ悪気があったにせよ、せいぜいが悪戯《いたずら》してやろうとかその程度のことだろうと、あえて口にはしなかった。

「まあ困ってた時に助けてくれたのは本当だし、もういいわ」

亜梨沙は一つ息を吐くと諦《あきら》めたように笑った。

「でも付き纏《まと》うのはもうやめて。怖いし、落ち着かないから」

「だとよ」

創が目線で促《うなが》すと誠也と結衣は揃《そろ》って頭を下げた。

「わかった。ごめんなさい」

「すみませんでした」

苦笑《くしょう》しながら、亜梨沙が手を振る。

「で、結局何が目的だったの？」

「ん？」

創が声を上げる。

「え、まさか本気で私のことが好きでこんなことするはずないわよね？　悪戯のつもりでやってたのなら趣味《しゅみ》悪いわよ」

「いや、それは――」

創が説明しようとするのを遮るように、誠也が口を開く。

「朝比奈さんの弁当が食べたいからだ」

「……は？」

「朝比奈さんの弁当が食べたい」

「……」

幼馴染をはっ倒《たお》して帰っていくその背中に、どんな言葉をかけられるだろうか。

◇　◇　◇

亜梨沙が誠也達《たち》にブチギレてから、嫌がらせじみたアプローチはなくなった。穏《おだ》やかな日々が返ってきたのだが、刻まれた記憶《きおく》までは簡単に拭い去るわけにもいかず。

亜梨沙は自分の下駄箱の前で、傍目には気づかないように気合を入れていた。

「よしっ」

小さく声に出して下駄箱を開ける。

中には自分の上靴《うわぐつ》以外入っていなかった。安堵《あんど》のため息が漏《も》れる。晴れやかな気持ちとともに靴《くつ》を履《は》き替える。

名前も知らない生徒に挨拶を返しながら教室を目指す。何もない朝の一幕が愛《いと》おしく感じる。教室の扉を開き、挨拶をしながら席に着く。

「朝比奈さん、おはよう」

「……おはよう牧君」

亜梨沙の姿を確認《かくにん》した誠也が机の正面に来る。昨日の燻《くすぶ》りは残っているものの、いつまでも根に持つのも子供っぽい、と亜梨沙はそれを揉《も》み消した。

「ねえ、朝比奈が牧にストーカーされてるって本当？」

「え？」

誠也と入れ替わりに話しかけられた。亜梨沙はデジャヴを感じながらも振り向く。

昨日とは別の少女が立っていた。どこか気だるげながらも不遜《ふそん》な様子で目の前に立つ少女に見覚えがあった。亜梨沙は少女を見た時のげんなりとした感情をヒントに、脳内でファイリングされたクラス名簿を探《さぐ》る。いつも突っかかってくるグループの女子だ。該当《がいとう》する情報を導き出して、内心でため息を吐いた。

「この前朝比奈、ダサい悲鳴上げながら逃げ回ってたらしいじゃん？」

少女は嘲《あざけ》るような態度を隠そうともしない。見られていたのか、と亜梨沙は羞恥心《しゅうちしん》が込み上げてくるのを鋼の意思で抑《おさ》え込む。目の前の少女にこちらの感情を気取られるのは絶対に嫌だった。

「見られていたのね。お恥《は》ずかしいわ」

あくまで余裕《よゆう》があるように、羞恥で叫《さけ》び出したいという弱みは見せないように亜梨沙は振る舞《ま》う。

「でも牧君がストーカーっていうのは全くのデタラメなの。彼《かれ》は私の落とし物を渡《わた》す機会を窺《うかが》っていたのを私が誤解してただけなの。彼自身はとても優しい人だからあんまり広めないであげてね」

誠也をかばうようなことを言ったのは、彼のためではなかった。亜梨沙の情けないところを引き出そうとしている目の前の少女に対して、自分の非を認めるという大人の対応を見せつけるために利用しただけだ。

「ふぅん。てっきりフッた奴《やつ》に付き纏われてバカみたいに逃げ回ってるんだと思ったのに」

「いいえ、そんなんじゃないわ。〝心配〟してくれてありがとう」

悪意を隠そうともしない少女に、にこやかに返してやる。彼女の語る内容が正鵠《せいこく》を射ていることはおくびにも出さない。少女は苦虫を噛み潰《つぶ》したような顔をして帰っていった。

たっぷりと見送りながら、ふう、とため息を吐いて髪《かみ》を指で梳《す》いた。

──いらいらする。いちいち喧嘩を売ってくる人間に。誠也という他人を利用して相手をねじ伏《ふ》せた自分にも。

さっきの少女は大方自分のグループに戻《もど》って愚痴《ぐち》でも言っているのだろう。勝手に絡んできて悪感情を育てて帰っていくのに付き合わされる身にもなって欲《ほ》しいと、亜梨沙はまた強くため息を吐いた。

──何か気分変えなくちゃ。

上手《うま》く感情を制御《せいぎょ》できていないのを自覚して立ち上がる。

ふと窓際《まどぎわ》一番後ろの席を見る。誠也はどこかへ行ったらしい。その隣の創の席も空いている。不本意ながら最近絡むことが多くなったせいで、亜梨沙の中で意識することが増えた。決していい意味での意識ではないが。

教室を離《はな》れ、階段を上《のぼ》る。一年生の教室の中から向けられる多数の視線を無視して通り過ぎ、屋上へ続く扉を開いた。重く振動《しんどう》する鉄扉《てっぴ》は錆《さ》びついて亜梨沙の力ではギリギリだ。最近上がってきた気温も手伝い、ほんの少し額が汗《あせ》ばむ。

徐々《じょじょ》に開く隙間から外の空気が流れる瞬間《しゅんかん》の、狭苦《せまくる》しい場所から解放される感じが亜梨沙は好きだった。滲《にじ》んだ汗が風にさらわれて気持ちがいい。

青空は広く、遠い。

眺《なが》めているとどこまでも飛んでいけるような気がしてくる。

嫌なものを全て置き去りに。

亜梨沙の気持ちはこの狭苦しい校舎から浮き上がって――

「朝比奈さん、いたのか」

仏頂面《ぶっちょうづら》の弁当フェチにその足首を掴《つか》まれて顔からビタンと引き倒された。

「牧君……なんでここに？」

先ほど感じていた小さな罪悪感はすっかり霧散《むさん》して、亜梨沙は恨《うら》めしげに誠也を睨《にら》む。

「朝比奈さんが来たから挨拶《あいさつ》して、すぐここに来た」

教室にいたのはどうやら亜梨沙に挨拶をするためだったらしい。

――随分《ずいぶん》マメね。

ふう、と亜梨沙は一つため息を吐く。悪い気はしなかった。何となく誠也から少し離れたところでフェンスに背をもたれる。錆《さび》一つないピンと張られたフェンスが心地よい弾力《だんりょく》で背を支えた。

誠也と亜梨沙の間に会話はない。もぞもぞと意味もなく亜梨沙は身動《みじろ》ぎした。隣を覗《のぞ》き見る。誠也はフェンスの向こうを見るでもなく見ている。亜梨沙を気にしているような素振《そぶ》りはない。

今までの過干渉《かかんしょう》ぶりを顧《かえり》みるに、素直に亜梨沙の忠告を守っているのか。それにしても、こういう状況《じょうきょう》になると逆に話さないというのも不自然ではないか、と亜梨沙は首を捻《ひね》る。

亜梨沙が誠也をいまいち信用しきれないのはこういうところにあった。

付き合いたいというのならそれなりに好意を持っているはず。そういう相手と二人きりの状況になって、全くの無関心なんてあり得るのだろうか。

少なくとも今まで亜梨沙に告白してきた男子は皆揃《みなそろ》って隙《すき》あらばアプローチしてきた。ガツガツ来られても引いてしまうのだが、それでもここまでの無関心ぶりを見てしまうと自身に対して好意があるとは亜梨沙には思えなかった。どうしても性質《たち》の悪い悪戯に思えて仕方ないのだが、今日みたいにわざわざ挨拶しに来たりするのを見ると一概《いちがい》にそう結論付けるのも違和感《いわかん》がある。

——でもあの明らかな失敗作の弁当を食べたいとか言い出すし……。

とどのつまり、全く意味がわからなかった。

誠也は亜梨沙の混乱をよそに全く微動《びどう》だにせず、未《いま》だフェンスに手をかけて景色を眺めている。何を考えて無感動な瞳《ひとみ》で街の風景を眺めているのだろう、と亜梨沙は思った。

ふう、ともう一つため息を吐いた。

なんで気分転換《てんかん》にきたのにモヤモヤしているのだろう。

ふとそんな考えが過って、気まずい思いをしているのが急に馬鹿《ばか》らしくなった。

大人しく教室へ戻ろうと踵《きびす》を返した時、横から声がかかる。

「大丈夫なのか？」

このタイミングで話しかけるのか、とまた亜梨沙の胸はざわつく。しかし、この男の行動にいちいち突っかかっていたらキリがない。彼女は誠也との接触《せっしょく》でそう学んでいた。

「何のこと？」

振り向き、応《こた》える。表面上の平静は崩《くず》さずに、亜梨沙はいつもの余裕ある自分を演じる。

「教室に居づらいから来たのではないのか？」

言葉を使い慣れていないような、どこか硬《かた》い口調で、真っすぐ芯《しん》を貫《つらぬ》いてくる。まるで子供がナイフを突き出してくるように。挨拶だけしてさっさと屋上に来たのかと思ったら、しっかり見ていたらしい。いや、誠也だけではない。

——いつも誰かが私を評価している。少しでも隙を見せればたちまち刺《さ》される。

解放されるために屋上に来たはずなのに、追い詰《つ》められたような気分になる。

「誰のせいでそうなったと思ってるのかしら」

突っかかってもしょうがないと、わかっていたはずなのに、気づけばにこやかな笑《え》みを貼《は》り付けて毒を吐いていた。吐きながら、すでに後悔《こうかい》し始める。こんな嫌《いや》みを言うつもりじゃないのに、と。

「クラスメイトに話しかけるのはおかしいのか？」

「貴方《あなた》みたいな問題児が私に話しかけるのが目立つって言ってるの」

——調子が狂《くる》わされる。この男と話していると、抑え込んでいた嫌なものばかり出てしまう。そればかりか、亜梨沙自身の知らなかった嫌なところも見つけてしまう。

「そうなのか。ごめんなさい」

誠也が内心の読めない表情で頭を深く下げる。硬い口調に対して、謝罪の言葉だけが幼く浮いている。

いその素直さがずるい
——それだ。その態度だ。

亜梨沙は指差して騒ぎ立てたい衝動《しょうどう》に駆られる。

こちらの感情をかき乱しておいて、自分はさっさと謝《あやま》ってしまう。その素直さがずるいのだ——と。

その実直な態度が、なぜか無性《むしょう》に亜梨沙の感情を逆なでするのだ。

怒りに固まった頬《ほお》と、苛立《いらだ》ちに震える眉《まゆ》と、ほんの少しの羨望《せんぼう》で細まる目を必死に制御しながらぎこちなく口を開く。

「わかってくれればいいの。じゃあ先戻るから」

誠也の返事を待たず、足早に亜梨沙は鉄扉の隙間をくぐる。頭上に照っていた太陽が遮られて影《かげ》になったせいか、ぐちゃぐちゃに沸騰《ふっとう》していた思考が冷たく胸の底に沈《しず》んでいく。視線を落とせば、目が光量の差にやられたのか足元は暗く、見えるものは少ない。

砂をどれだけ積み上げても、風に流されて山が崩れていくような感覚に亜梨沙はじりじりと焦《あせ》らされる。本当はいつも余裕なく張りつめていて、殻《から》の内に押し込められた亜梨沙は少しの刺激《しげき》で弾けそうだった。

——柳《やなぎ》が風を流すように、葉が頭上に溜《た》まった雨粒《あまつぶ》を落とすように。どんなことも柔軟《じゅうなん》に流せるような、それでいて誰からも必要とされるような。

いつも柔和な表情を浮かべ、人に囲まれている父親を思い浮かべる。

――ただ、ただ、立派な大人になりたい。それだけなのに。

本当に、あの男と関《かか》わるとろくなことがない――と、亜梨沙は胸の辺りを強く握《にぎ》った。

◇　◇　◇

亜梨沙が創たちの溜まり場に襲来《しゅうらい》してから何日か経った。

外は電灯を点《つ》けていないと文字が読めない程《ほど》の厚い雲が空を覆《おお》っていて、大粒《おおつぶ》の雨が地面を叩《たた》いている。教師が語る数式の羅列《られつ》は気だるげな天気も相まって、眠気を誘《さそ》う子守唄《こもりうた》にも聞こえた。事実、教室にいる生徒の何人かは、教科書を立ててその陰《かげ》で寝《ね》ていたりする。進学校といえど、真面目《まじめ》な生徒だけでも眠気に強い生徒だけでもない。叱《しか》りつけでもすれば意識も冴《さ》えるのだろうが、教師の方も気にしていないのか気が弱いのか注意することもない。結果、弛《たる》んだ空気の綱渡《つなわた》りから一人また一人と眠気《ねむけ》の中へ落ちていく。

その中で創は眠気と格闘《かくとう》しながらも、真面目に話を聞いている側の人間だった。数学は好きな科目の一つだった。どんな複雑な問題も、ちゃんと公式を知り、必死に考えれば答えが出てくる簡潔さが気に入っていた。授業の内容を先回りして問題を解き終わり隣《となり》に目を向ければ、誠也が塗装《とそう》の剥《は》げた窓枠《まどわく》に体重を預け、ぼうっと外を見ていた。その視線は下の方を彷徨《さまよ》っているが、一体何を見ているのか。

誠也の発作《ほっさ》のような亜梨沙への執着《しゅうちゃく》は鳴りを潜《ひそ》めたように、創は思えていた。

露骨《ろこつ》なアプローチもしていないし、付き纏っているわけでもない。まあ騒ぎ出す以前よりは、亜梨沙へ視線をやったり気にかけたりしているような素振りが見られるものの、そのくらいは問題にはならないだろう。

——このまま何もなかったように終わるのだろうか。

ふと創は考える。誠也が何かに執着することは珍《めずら》しい。誠也の言葉を信じるなら、亜梨沙本人というより弁当に執心《しゅうしん》しているようだが、素振りを見るにそれだけではないような気もする。果たしてその真意はどこにあるのか。もしかしたら誠也本人にすらわかっていないのかもしれない。

そこまで思い至って、教室のちょうど中央、クラスの関心をそのまま体現したような位置取りの亜梨沙の席に目を向ける。創の席からは他《ほか》の生徒に視界を阻《はば》まれて見づらいが、彼女《かのじょ》も真面目に授業を受けているらしい。その長くウェーブした金髪《きんぱつ》は曇天《どんてん》の中にあっても、それ自身が輝《かがや》きを放っているかのようだった。

「おい、手塚。立て」

不意に教師から声がかかった。

「なんすか」

「お、おまえ授業中に余所見《よそみ》か。ず、ず、随分余裕《ずいぶんよゆう》だなぁ」

教師は唇を震わせて、顔を強張《こわば》らせながらもいやらしい笑みを形作っている。強張らせるくらいなら慣れねえことすんなよ——と、創は胸中で毒づいた。

「ちょっと余所見しただけじゃないすか。俺がだめなら他の奴らは——」

言いかけて、先ほどまで居眠《いねむ》りをしていた生徒が全員起きて、他の生徒とともにこちらを見ていることに気づく。ひりついた空気を感じ取って起きたらしい。思わず舌打ちをする。

「手塚ぁ、それと牧。お、おまえらそんなんでこの先やっていけると思うなよぉ」

口《くち》の端《はし》をひくつかせながら、精一杯余裕《せいいっぱいよゆう》を演出している教師の表情を見て、創は火がつきかけていた気持ちが唐突《とうとつ》に萎《な》えるのを感じた。

「そっすか」

それだけ言って教師の言葉も待たず、席に着く。

別に、こういう理不尽《りふじん》な絡まれ方には慣れている。理由があるとはいえ金髪に染めている以上、マークされるのは仕方ないと思っている。だが、ストレスのはけ口に利用されるのには納得いかない。クラスで孤立《こりつ》している創の方が叩きやすいのだろうが、陰口《かげぐち》を恐《おそ》れて、居眠りしている生徒に注意できない自分の至らなさを、他人に押《お》し付ける姿勢にも腹が立つ。

創が席に着いたことが合図となったのか、また何事もなかったかのように授業が再開する。ひそひそとざわつく空気だけが名残《なごり》を残していた。

盗み見てくる視線を無視して、隣の席に目を向ける。

誠也は名指しされた時だけ教師の方を見ていたが、今はまた窓の外に視線を戻している。

創はスマホをポケットから取り出し、机の陰で誠也にメッセージを送った。

『悪いな。巻き込んじまって』

『気にしてない』

簡潔な返答。まあそうだろうな、と、創の方もそれ以上言《い》い募《つの》ることはしない。が、真面目に授業を聞くのも興が乗らない。どうせ今日の分はもう先行してやっている。創は諦めて別の話題を振《ふ》った。

『なあ。朝比奈のことはもういいのか』

『わからない』

誠也はいつも竹を割ったような返事をする。肯定《こうてい》なら肯定、否定なら否定、わからないなら今のように現状をありのまま伝える。好き嫌いがわかれそうなところだが、まどろっこしいのが嫌いな創としては、誠也のそれは好ましい部分として捉《とら》えている。

『そうか』

誠也自身も自分の気持ちを持て余しているのだろうか。あの暴走じみた行動も、訳も分からないまま衝動に付き従った結果なのかもしれない。誠也の返信からそう結論づけようとした時、誠也がスマホに入力し始めた。

『俺のような問題児と関わると目立つから止めろと言われた。だから、どうしたらいいかわからない』

『なんだよそれ』

——なんだそのふざけた言い草は。そりゃ迷惑《めいわく》かけただろうがそれにしたって言い方があんだろうが。

教師とのいざこざも盗み見てくるクラスメイトも頭から消え失《う》せる。弾かれるように教室の中央へと鋭《するど》い視線を刺し込む。

ちょうどこちらを見ていたのか、亜梨沙と目が合った。彼女の勝気な目が見開かれ、慌《あわ》てて目を逸《そ》らされた。

おおよそ校内で囁《ささや》かれる優《やさ》しくて頭のいい理想の人物像からはかけ離れた一言。同時に、クラスの人間がたまに陰口を叩いていたことを思い出す。てっきり嫉妬《しっと》からくるものだと思っていたが、あながちそれだけではないのかもしれない。

『おまえそれなんて答えたんだよ』

『そうなのか。ごめんなさい』

『……おまえには怒りって感情がねえのかよ』

『人に迷惑をかけたら謝るものだ』

『そりゃそうだけどよ……』

誠也と話していると、創は途方《とほう》もない気分になることがある。正に今がそれだった。正論を忠実に体現している人間に対して、それを守れなかった人間は何も言えないのかもしれない、とふと思う。子供の問いに対して、世の中は複雑なんだよ、と曖昧《あいまい》に逃《に》げる大人のように。創は誠也のそれにある種の敬意すら払《はら》っていたが、同時に彼のそういう純粋《じゅんすい》な部分を心配していた。今でさえその純真に付け込んで利用している者が身近にいるのに。さらにそんな人間が増えたり、純粋さに中《あ》てられて足を引っ張ってくるような者が今後現れないとは間違《まちが》っても言えない。

「では今日は以上だ」

ほんの少し張り上げた教師の声で、弛んだ空気が伝播《でんぱ》する。午前の授業はこれで終わりだ。購買《こうばい》に向かう者は忙《せわ》しなく、弁当を持っている者はゆったりと道具を片付けながら各々《おのおの》行動を開始する。

創はカバンから青い包みの弁当を取り出しながら、誠也に振り向く。

「先行ってんぞ」

「ああ」

のそのそと机の上を片付ける誠也を置いて、創は一足先に視聴覚室へ足を向ける。創が弁当派なら誠也は購買派だった。他の購買利用者と違《ちが》いパンの種類に頓着《とんちゃく》がないので、のんびりと人が減った購買へ向かい売れ残ったパンを適当に漁《あさ》る。売れ残りだから、言ってしまえば代《か》わり映《ば》えしないし味気もないのだが、本人は腹を満たせれば何でもいいらしい。

三階へ上がり視聴覚室の引き戸を開くと結衣が既《すで》にいた。一年生の教室は三階にあるのでいつものことだ。

「あ、どうもです」

「おお」

軽く手を挙げて近くに座《すわ》り、創は包みを広げて蓋《ふた》を開ける。

「相変わらず顔に似合わない、美味《おい》しそうなお弁当を作りますね」

「余計なお世話だよ」

絶妙《ぜつみょう》な焼き加減の豚《ぶた》の生姜《しょうが》焼き、つんと立った白米やシャキシャキとしたほうれん草のお浸《ひた》し等、色鮮《いろあざ》やかなおかずが箱の中を彩《いろど》っていた。

「おまえは作らないのかよ」

「出来ますけど、それは私の担当じゃないので」

担当ってなんだ、と謎《なぞ》の結衣語録に疑問符《ぎもんふ》を浮《う》かべる。

「誠也が喜ぶぞ」

「さーて本気を出す時が来ましたか」

ぺろりと舌を出しながら腕《うで》まくりする結衣を、アホかと切り捨てて弁当に手をつける。

ほうれん草のお浸しを口に放《ほう》り込《こ》む。我ながら今日も絶妙な味加減だ。

「不良がベジファーストかっこわらい」

「いいだろうが別に。つか不良言うな」

たわいもない会話をしていると引き戸の開く音がした。

「あ、先輩」

その姿を認めて、結衣の声がワントーン上がり瞳もわずかに輝く。

創は、結衣の自分と接する時の態度の違いに苦笑する。別に気分を害することもなく、むしろ微笑《ほほえ》ましさすら感じていた。誠也といる時の結衣は、飼い主に構ってもらおうとする犬のようだ。他の人間に対しては猫《ねこ》のような素っ気なさなのだが。

「ささっどうぞこちらへ」

悪代官に媚《こび》を売る越後屋《えちごや》のような所作で椅子を引く。ちゃっかり自分の隣に座らせようとする辺り、抜《ぬ》け目《め》のなさが表れている。

「ありがとう」

案内されるがままに腰《こし》かける。その手に掛《か》けられている袋《ふくろ》から戦利品を取り出す。

コッペパン二つ。

「いや、もっと何かあっただろ！」

何も挟《はさ》まれていない純コッペパン二つ。

「ジャム入りとチョコ入りもあった」

「それ買えばよかっただろ」

「こっちの方が二十円安い」

それだけ言ってモクモクと食する。

「そりゃ安いだろうがよ……。他になんかないのかよ」

さすがに味気なさすぎやしないだろうか、と創は頭をガリガリとかいた。

「朝比奈さんの弁当が食べたい」

「売店にねえだろ」

創と誠也のやり取りを聞いていた結衣が、誠也にサンドイッチを差し出した。

「先輩、私もそれ食べたくなりました。それ一つ、私のサンドイッチと交換《こうかん》しましょ？」

「いいのか？」

「ええ。食べたいです」

「わかった」

「本当ですか？　嬉しいのでお礼にこのミルクティーも半分あげます」

さすがに思うところがあったのか、結衣が気を利《き》かせた。誠也が持っていない水分もつける気遣いようだ。

「先輩と間接キス。ぬへへ……」

気遣いとは。

だらしない表情になっている結衣は差し置いて、創は弁当に入っていた豚肉《ぶたにく》の生姜焼きを箸《はし》で掴む。

「ほら、やるよ」

それをそのまま誠也に差し出した。

「パンには合わねえかもだが、ないよりぁマシだろ」

「いらない」

キッパリ断られた。

「なんでだよ」

「返せるものがない」

「んなもんいいんだよ」

「そうはいかない」

——たかが豚肉一枚ごとき構わねえんだけどな。

全く律儀《りちぎ》なのも考え物だな、と創は内心でため息を吐く。誠也のそういう部分の扱《あつか》いに関して、結衣は随分上手《ずいぶんうま》かった。

「いいんですよ。創さんは誰《だれ》かに自分の料理自慢《じまん》をしたくてたまらないんですから。むしろ受け取ってあげた方が創さんのためです」

結衣がフォローを入れるが、素直に感謝できないのはなぜだろう、と創はこめかみをひくつかせた。

「そうなのか?」

「……まあ、そういうことでいいわ」

投げやりに返して肉をパンの上に載《の》せた。

「ありがとう」

頭を下げる誠也に、いちいち大げさなんだよと面倒《めんどう》くさげに手を振った。

食べやすい位置を模索《もさく》しているのか、手に持った生姜焼き載せコッペパンをいろんな角度から見回している誠也を何となく観察しながら、創は先に弁当を食べ終わる。

「誠也、おまえ今日はバイトあんのか?」

「いや。今日は母さんの見舞《みま》いに行く」

誠也からもらったコッペパンを食《は》んでいた結衣の手が止まる。

「そうか。俺も行くわ」

「わかった」

誠也の母親とは、家族同然の付き合いをしていた。まだ学校にも行ってないような小さい頃《ころ》から、毎日のように誠也の家に遊びに行き、誠也の母が作ったお菓子《かし》を食べたり、お礼といって家事の手伝いをしたこともあった。

それも全《すべ》て昔の話、今は体調を崩して入院している。

――まあ自業自得だがな。

割り切れない思いを噛《か》み殺すように、創はギリリと歯を鳴らした。

その後は何となくぎこちなくなった会話をいくらか繋《つな》いだ後、各々教室に戻る。

午後の授業では絡《から》まれることもなく、創のどこか燻《くすぶ》るような心持ちを除けば平穏《へいおん》に過ぎていった。

どことなく空虚《くうきょ》に流れた時間は、病院の前に辿《たど》り着いて息を吹《ふ》き返した。正確に言えば、吹き返したというよりは、嫌《いや》なことを先延ばしして追い詰められた後の諦観《ていかん》を含《ふく》んだため息に似ていたかも知れなかった。

足を向けたのはこの辺りでは一番大きな病院で、患者《かんじゃ》に配慮《はいりょ》された緑の多い敷地《しきち》に入ると服装や年齢《ねんれい》の区別なく人が出入りを繰《く》り返していた。駐車場《ちゅうしゃじょう》を徒歩で抜けるとガラス張りの大きな玄関《げんかん》が出迎《でむか》える。創にとってこの玄関はこれから起こる艱難辛苦《かんなんしんく》の象徴《しょうちょう》だった。その苦行を体験する本人がどう思っているのかはわからないが。自動ドアを潜《くぐ》りながら横目で誠也を盗《ぬす》み見る。誠也の横顔はいつも変わらない。この場においてさえ。

目的の病室は八階にある。微妙に入り組んでいる廊下《ろうか》を進み、一番端《はし》の戸を誠也はノックした。返事はない。

「母さん、入ります」

一声かけてから両手で戸の取っ手を掴み、ゆっくりとスライドさせた。そのまま中へ入っていく誠也を追い、部屋の中を軽く覗きこむ。

清潔感のある白い部屋は日当たりが良く、個室だからか手狭《てぜま》に見えた他の病室よりも開放感がある。窓横にはテレビを載せた縦長のチェストが設置されており、少しの感覚を空けてベッドが置いてある。そのベッドに、誠也の母親はいた。

ベッドに横たわりながら、くすんだ金髪は枕《まくら》に広がり散らばっている。髪の根元は黒とところどころ白が交じっていて、みすぼらしく見えた。

顔をこちらに向けることもなく、胡乱《うろん》な目だけを誠也と創にやっている。その目は病室にまだ足を踏《ふ》み入れていない創にもわかるほど、黄色く濁《にご》っている。酒の飲みすぎが原因だと、いつか誠也は言っていた。

創はこの瞬間がいつも嫌《きら》いだった。

幼い頃に見た彼女のクリっとした優しげな瞳の記憶が歪《ゆが》んで、綺麗《きれい》に取っておきたい思い出もろとも塗《ぬ》り潰されてしまうような気がするのだ。

「起きていたのですね」

誠也はベッド横に立ち、声をかける。すぐ脇《わき》の簡素な丸椅子《いす》には腰かけようとしない。前に勝手に座るなと癇癪《かんしゃく》を起こされたからだ。創は誠也が話しかけたのを聞いて部屋に入り廊下に少しでも中の音が漏れないように戸を閉めた。この後の展開など分かり切っていた。

「起きてちゃ悪いか」

誠也の母は目じりを吊《つ》り上げる。猫だったなら毛も逆立てていたかもしれない。

「いえ、今日は体調が優《すぐ》れているようで安心しました」

いつもの無味乾燥《むみかんそう》な口調ではない誠也のそれには、言葉通りの安堵が含まれているように創には聞こえた。それをこの母親が理解できているのかは甚《はなは》だ疑問だったが。

「体調がいい？　これのどこがいいんだよ！　バカにしてんのか！」

怒気《どき》と苦痛に顔を歪めながら、起き上がり手元にあった雑誌を投げつける。ページを束ねた硬い部分が誠也の額を打つ。落ちたファッション誌には、彼女とは年齢層《ねんれいそう》の合わない若い女性が派手な格好で載《の》っていた。

「大体何突《つ》っ立ってんだ。それで私を見下してるつもりか！」

「ごめんなさい」

誠也はぽつりと謝って、脇の丸椅子に腰かける。

じっとりとした沈黙《ちんもく》に誠也の母親の荒《あら》い息遣《いきづか》いだけが鼓膜《こまく》を揺《ゆ》らす。

「創、あんたもなんで毎回ついてくるんだ。あんたには関係ないだろ」

関係ない、という言葉で蓋をした感情がざわめく。創はそれを見ないようにして強い口調を強《し》いて出した。

「別にどうでもいいだろ」

誠也の隣に立った創の回答に、彼女は忌々《いまいま》しげに鼻を鳴らす。発破する激情に反してその鼻息は弱々しい。見れば異常に黄色《きいろ》みの強い腕はか細く、布団《ふとん》が捲《めく》れて見える腹は不釣《ふつ》り合いに膨《ふく》らんでいる。近くに寄るにつれて饐《す》えた臭《にお》いが鼻を強く刺激していた。

「誠也、あんたちゃんと金稼いでんだろうね」

ぶしつけに尋《たず》ねられた問に誠也は素直《すなお》に頷《うなず》いた。

「はい。支払《しはらい》は滞《とどこお》りなく」

「あっそう」

どうしたら誠也を使って自分の気を晴らすことができるか、あれこれ試《ため》しているのを隠《かく》そうともしない態度。創は拳《こぶし》をきつく握り締《し》める。

誠也自身が望まないのに自分がキレても仕方ない、と創は手綱《たづな》を強く引く。

――それに、俺《おれ》には関係ない。だって、俺は家族じゃねえから。

半ば呪詛《じゆそ》のように繰り返す。そうでもしないと一分一秒の空白さえあれば容易《たやす》く自制は利かなくなる。その自信があった。そうなったら自分が何をするのか創には想像できなかった。誠也の気持ちを考えろと怒鳴《どな》るのか、鬱憤《うっぷん》を晴らすためにひたすら殴《なぐ》りつけるのか。それとも虚勢《きょせい》を捨てて、泣きながらもう止《や》めてくれと縋《すが》るのか。

「じゃあ用はないよ。さっさと帰れ」

こちらに見向きもしないで、窓の外を見ながら彼女は告げた。

「わかりました」

食い下がることもなく、誠也は踵《きびす》を返す。創もそれに従った。

「体を大事にしてください」

「さっさと帰れ」

最後の挨拶を切り捨てられ、扉をゆっくりと閉める。

創は重い息を吐《つ》く。時間にしてみればほんの五分にも満たない、僅《わず》かな一幕だった。

隣を見れば、取っ手に手をかけたまま、誠也は俯《うつむ》いている。その姿は何かに耐《た》えているようにも、何かに備えているようにも見えた。

その肩《かた》に手を置き、ただ誠也の中で何かが過ぎ去るまで、そのままでいた。何か気の利いたことでも言えたらよかったのだろうか。しかし、そんな魔法《まほう》のような言葉を創は持っていなかった。

どれくらい経《た》っただろうか。少なくとも病室にいた時間よりは長かっただろう。誠也が顔を上げた。

「待たせた」

「おう」

行きに通った道を、来た時と同じかそれよりも重い足取りで辿る。

「悪ぃけど、ちょっと寄ってくとこあるから先帰ってくれ」

「わかった」

誠也と病院の玄関から外へ出たところで別れた。創は少し汚《よご》れた白い壁《かべ》沿いに歩き、ひっそりと置いてあるベンチに腰掛《こしか》ける。ここに寄った後はいつもそうすることにしていた。一緒《いっしょ》に帰ったとして、どういう帰り道になるか想像できないのが少し怖《こわ》いのだ。

誠也にとってはどうなのだろう、と創は考える。

一緒に帰った方が助かるのか、一人になりたいのか。

昔は兄弟のように通じ合っていた気がするが、気づけばわからなくなっていた。

誠也の父の不倫《ふりん》が発端《ほったん》だった。あの家族が崩壊《ほうかい》してから、わからないことが増えた。

その日からずっと、創は正解を探している。


——もっと生活に余裕《よゆう》があれば、誠也と創君を本当の兄弟にできるのに。

——私たちを本当の家族だと思って、いつでも遊びに来てね。


俺と誠也はどうするのが正解だったのだろう、と創は戻らない過去を何度も思い返す。

もしも、必死に考えても答えがないというのなら。

それこそが現実なのだというのなら。

曖昧なものは嫌いだと、見切りをつけたくなるのは悪いことなのだろうか。

そんなことを考えては、全てを投げ出したくなる衝動を抑《おさ》える。未だ答えの出ない問を、創はベンチに一人座って解き続けていた。


しばらく経って、その間にも誠也はバイトに行ったり病院に行ったりと忙しない日々を送っているようだった。主に誠也を心配して見舞いには極力創もついていくようにしていたが、自分もバイトがあるので全てというわけにもいかない。一人で行かせた時にあの母親が何をするかやきもきしたものだが、特段会話らしい会話もなかったようで胸を撫《な》で下ろした。親子関係として正しいかはともかく。

そんな日々が過ぎた、いつもの視聴覚室《しちょうかく》で過ごす放課後のひと時。

「おまえらってテスト勉強とかしてんの？」

創の一言によって緩《ゆる》やかに流れていた時間が、強くなってきた日差しもお構いなしに凍《こお》り付いた。

「ちょっとよくわからないので日本語で話してください」

だらだらと滝汗《たきあせ》を流しながら結衣が無駄《むだ》な抵抗《ていこう》をする。

「おまえらって学力試験の勉強とかしてんの？」

「…………………うぅ！」

角南結衣、脱落《だつらく》。

「で、誠也はどうなんだよ」

無言でブイサインを作る。

「お、余裕かよ」

「いやおそらく赤点だ」

「……二教科赤点か」

がっくりと創は肩を落とした。しかし、誠也は首を振る。

「いや全教科二点だ」

「全・教・科・二・点！」

牧誠也脱落《だつらく》。

「もう終わりじゃねえか！」

「いえ、まだです。私たちの戦いは！」

「まだ始まったばかりだ」

謎の決めポーズを取る結衣と誠也を冷めた目で創が見る。

「そのセリフが出た漫画《まんが》は終わるからな？」

「そうなのか」

つれないですねぇ、と結衣が頬を膨らませている。危機感ゼロの権化《ごんげ》である。

「おまえらテストまでもう一週間もねえぞ？」

二人のお先真っ暗具合に創は再度肩《かた》を落とす。

「しゃあねえ。今日から俺が見てやる。突貫《とっかん》で行くぞ」

「いいのか？」

誠也が顔を覗きこむようにして聞いてくる。創の試験への影響《えいきょう》を懸念《けねん》しているのだろう。

「まあどうにかなるだろ」

正直に言うと一人なら復習がてらちょうどいいかもしれないが、二人となると負担が少し重かった。ましてや結衣は学年が違うため、創の試験範囲《はんい》とも被《かぶ》らない。

「あ、いいこと考えました。先輩《せんぱい》は朝比奈さんを誘ってみたらどうですか？」

「あー……朝比奈なぁ」

創は煮《に》え切らない返事をした。誠也が言われたという『問題児』発言からこっち、創の中で亜梨沙はいまいち信用できない人間に分類されていた。普段《ふだん》からそういう振る舞《ま》いならば――それはそれで問題だが――わかるのだが、悪い意味でのギャップが印象を下げていて何となく避《さ》けていた。

「どうかしたんですか?」

あまり人に話すようなことでもないと思いつつも、今さら除《の》け者《もの》にするのも、と思い直して経緯《けいい》を説明する。

「なるほど……」

結衣は自分の唇《くちびる》を撫でるようにして考《かん》え込《が》む。やがて含んだような笑みを浮かべると口を開いた。

「創さん、心配しなくていいと思いますよ。私、朝比奈さんのこと嫌いじゃないです」

「今の話でなんでそうなんだよ」

全く発言の意図が読めず途方に暮れた声で聞くが、結衣は妖《あや》しく笑うばかりだ。

「まあまあ。話を戻《もど》すと、朝比奈さんも無駄に付き纏《まと》われるのが嫌なのであって、具体的な理由があればいいと思うのですよ」

「そうか」

結衣が展開する理論を聞いて、誠也はわかってるのかわかってないのか判然としない態度で頷いた。

「ほらほらいい考えじゃないですか。さっそくアタックですよ」

誠也の手を引っ張って無理やり立たせると、今度は背中を押して廊下へ追いやった。

「頑張《がんば》ってください」

最後に声をかけて結衣が戻ってくる。

創は止めようかとも思ったが、結局行動に移すことはなかった。恋愛《れんあい》事情にまであんまり干渉《かんしょう》しすぎるのもよくないだろう。そう結論付けて、それはそうと、と結衣に声をかける。

「おまえせっかくの愛《いと》しの先輩との時間が減っちまうのに、よかったのか？」

創が言ってから結衣は数秒固まり、やがてゆっくりとその眠《ねむ》たげな目が見開かれていく。

「しまったぁ……」

頽《くずお》れ、絞《しぼ》り出すように小さな声で呻《うめ》いている。これはガチのやつだ、と創は苦笑《くしょう》した。

「うう、うう、うぅううううーうっう！」

「あーはいはい、わかったからまずは自分の将来を心配しような」

床《ゆか》に手をついておいおいと泣いている結衣を無理やり立たせる。

「いや今を耐え忍《しの》んで、後の先輩の愛を得るための先行投資と思えば悪くないのでは
……」

「いやその先輩の愛を奪《うば》うかもしれない敵に塩送ってんじゃねえか」

「悪くない、悪くないですよ……さすが恋愛マスター私……」

――聞いちゃいねえ。

ため息を一つ吐く。時計を見れば時刻は五時を少し過ぎたところだ。創は怪《あや》しげに笑う結衣に聞いてるんだか聞いてないんだかわからない勉強の手ほどきをするのだった。

◇◇◇

まだ少し高い位置にある太陽から注がれる日差しが目を焼く。遮蔽《しゃへい》物が少なく遠慮《えんりょ》なく吹きつける風は長い金髪を流していく。

スカートが捲れないように気をつけながら、呼び出してきた相手を待つ。

いつもより少し速い鼓動《こどう》を落ち着けるために、深呼吸をする。甘酸《あまず》っぱいそれではなく、来ることがわかっている凶事《きょうじ》を迎《むか》える時のざわめきだ。

――誰であろうと、どうせ自分に交際を受け入れる意思はないのだから。

重い鉄扉《てっぴ》が甲高《かんだか》く鳴き、手紙の主が現れた。

やはりというべきか、覚えのない顔の男子生徒だった。少なくとも同じクラスではない。

「あの、朝比奈さん来てくれてありがとう」

「いいえ、大丈夫《だいじょうぶ》よ」

「俺、前から朝比奈さんのことが好きだったんだ。俺、勉強もできないし、運動もできないけど……あの、よかったら付き合ってください！」

自分に自信がない人なんだな、と目の前で必死に話す男子を見ながら思った。

「……ごめんなさい。私、今自分のことで精いっぱいだから。恋愛に時間を割《さ》く余裕がないの。それに、あなたのことをよく知らないし、あなたも私のことよくわかってないわよね？」

「朝比奈さんは俺を知らないだろうけど、俺は知ってるよ！　朝比奈さんは誰にでも分け隔《へだ》てなく接してくれる優しい人だ！」

——嘘《うそ》。

「直接話したことはないかもしれないけど、俺はそんな朝比奈さんを見ていいな、と思ったんだ」

——嘘。嘘。嘘。

熱心に語るその目の奥《おく》、ちらりと燃える欲望を覗《のぞ》きこむ。

冴えない男子が来た時はぱっとしない自分の逆転した人生を亜梨沙に投影《とうえい》している。

遊び慣れてそうな男子が来た時はひと時の快楽を亜梨沙に求めている。

誰もが自覚もなく抱《かか》えた欲望を触《さわ》りの良い言葉で包んで差し向けてくる。亜梨沙はそういう欲望に対する嗅覚《きゅうかく》とでもいうべきものが人より優れていた。それは人からの欲望にさらされ続けたがゆえの防衛本能とでも言うべきものなのかもしれない。

「朝比奈さんはすごく優しい人だよ」

優しいと言われるたび、その人に対して距離《きょり》を感じるようになったのはいつからだったか。亜梨沙はふと考える。

そう見えるように演じてるだけだという自覚があった。

——きっと私を理解している人は、決して告白しようなんて思わない。

「私はそうは思わないの。ごめんなさい」

それだけ言い残して踵を返す。

背中越《ご》しに何か言われた気がしたが、聞こえなかった振りをした。

僅かに開いた重い鉄扉の隙間《すきま》を潜り、取っ手を引いて閉める。閉め切ってから屋上にまだ人が残っているのに閉めたら駄目《だめ》じゃないか、と思い至る。今さらまた開けるのもおかしい気がして、少し扉と階段を右往左往したが結局その場から離《はな》れた。

優しい人になりたい。

そう思っていて、そう思われるように振る舞っておきながら、優しい人だと言われると胸に重い物が居座《いすわ》っている気分になる。いつからか生まれた矛盾《むじゅん》に、長い間毒されている。

早足に階段を下りていく。

粘《ねば》り気《け》のある自己嫌悪《けんお》を引き剥《は》がし、この後のスケジュールを頭の中に思《おも》い浮かべる。

——今日の予定はピアノのレッスンだけで終わりだ。でも、そろそろテストも近いから復習もしておかなきゃ。そういえばバレエのシューズが痛んできてるから新調しないと。

一度スイッチが入ってしまえば、目まぐるしく回る思考が自分自身すら振り払う勢いで必要事項《じこう》を並べ立ててスケジュールを構築していく。

玄関前《げんかんまえ》の廊下まで来て一通りの工程が組み終わる頃、呼び止める声が後ろからかかる。

「朝比奈さん」

誰かを認識《にんしき》するよりも早く、げんなりとする気持ちを見つけて声の主に思い至る。

「何？　牧君」

振り向けば、今しがた亜梨沙が下りてきた階段の踊《おど》り場《ば》から誠也が下ってきていた。

自分が端的《たんてき》な言葉遣《ことばづか》いになっていることを気づき、にこやかに、と一瞬《いっしゅん》考えるも、果たして自分をバカにしてくる人間に愛嬌《あいきょう》を振りまく必要はあるのだろうか、とすぐに思い直す。どうせ、一度思いきり嫌なところを見せてしまった人間だ。今さら取り繕《つくろ》う意味もないのかもしれない。先刻の告白からこっち、無意識に引きずっていた捨て鉢《ばち》な気持ちが後を押した。

機械的に上げかけた口角を意図して下ろす。

そんな亜梨沙の様子に気づいているのかいないのか。誠也はいつも通りの無味乾燥な所作と表情を亜梨沙に向けてくる。

「勉強を教えてもらえないだろうか」

「へっ？」

つい気の抜けた返事をしてしまった。この男は相変わらず突拍子《とっぴょうし》もない。

——なぜこの男は私に頼《たの》んでいるのか。自分の告白を断った相手。クラスで大失敗をした格好のおもちゃ。……優秀《ゆうしゅう》さを鼻にかけて嫌《いや》みを言ってきた女。

二人の関係のどの部分をすくい上げてみても、勉強を教えてもらおうなどという発想になるとは亜梨沙には思えなかった。

「ええと、申し訳ないけど、私習い事があるから……」

「そうなのか、残念だ」

いつかのように、あっさりと引き下がる。口にした感情など毛ほども感じない口調で。

「それでいいの？」

気づけば、ぽろりと亜梨沙の口からこぼれていた。

「いい」

余計な情報が削《そ》ぎ取られた簡潔な返事。

「そう」

引きずられるように亜梨沙の返答もそっけなくなってしまう。そもそも何を聞きたくて私はあんなことを言ったのだろう、とそんなことを考える。誠也と話す時、亜梨沙はいつも考えるより先に言葉を発している。そして後を追うように自分の気持ちを分析《ぶんせき》するのだ。

「習い事があるなら、なぜ残っているんだ？」

不意に誠也が問いかけてくる。

「えと、放課後屋上に来てほしいって呼び出されて……」

いつもみたいに適当にはぐらかさなければと思う。しかし亜梨沙は立ち眩《くら》みして咄嗟《とっさ》に近くの木へ寄りかかるように口を開いていた。

こういう話をあまり人にするものではないし、それが曲がりなりにも告白してきた相手ならなおさらだ。冷静な部分はそう判断しているのに、自身の金髪《きんぱつ》の毛先を弄《いじ》りながらしどろもどろに説明する。なんでこの男に話してるんだろう、と思いながらも吐露《とろ》は止まらない。

「そうか、大変だな」

ただそれだけの言葉に、なぜか泣きそうになった。

あなただって告白したじゃないとか言いたいことはあるはずなのに、その時の亜梨沙の頭にはかけらも浮かばなかった。

「その人は私のこと、優しいって言うの。でも、私は……」

もし肯定《こうてい》されたら、そう思うと先は口に出せない。ましてや誠也は聞かれたことに対して忌憚《きたん》なく答えるだろう。たとえそれが人の反感を買うとしても、だ。その程度には彼《かれ》のことを理解していた。だからこそ喉《のど》から出かかった声を無理やり絞《し》めつけて抑えた。

だが、誠也は抑えたはずの思いを汲《く》みとっていた。

「優しい人間になりたいのか」

それどころか、亜梨沙が言い淀《よど》んだ言葉のさらに先を正確に捉《とら》える。

目を見開く。体が強張《こわば》り、自分自身ですら認識できない速度で目まぐるしく思考が駆《か》け巡《めぐ》る。が、やがて諦《あきら》めたように項垂《うなだ》れて小さく頷いた。

動揺《どうよう》を隠せない亜梨沙の様子を数歩離れた位置からじっと観察していた誠也は、ゆっくりと口を開いた。

「優《やさ》しいと思われたいなら、優しい人間である必要はない。積極性と想像力だけあればいい」

誠也にしては珍《めずら》しく流暢《りゅうちょう》に語る。しかしその内容を認めるわけにはいかなかった。

「でもそれは……ズル、だから……」

純粋《じゅんすい》に人を助けたいと思える人が優しい人間だとするのなら、誠也が語るような人間は詐欺師《さぎし》のようなものなのだろう。そう思うと同時に、亜梨沙の胸に重い物が落ちた。

一言呟《つぶや》いたきり、俯く彼女《かのじょ》をじっと見ていた誠也が口を開く。

「それをずるいと思って、変わりたいと思えるのなら、朝比奈さんは大丈夫だ」

事実を認めるように、誠也は一つ頷く。

「朝比奈さんはきっと優しい」

あ、と声にならない声が漏《も》れる。

「いつか本当に優しくなりたいと思って、人に親切にするのはズルじゃない」

朝比奈さんは優しい。

つい先刻屋上で言われ、突き飛ばすように拒否《きょひ》したはずの言葉だった。

なのに、最低限の理屈《りくつ》で補強されただけの語群は、容易く胸中に染《し》み入ってくる。

ただ自分が思っていることを言っている。そう信じられる平坦《へいたん》な声がそうさせるのか。

きっと亜梨沙に好かれようという欲を孕《はら》んでいれば、こうは容易く受け入れられなかった。

しかし、何の抵抗もなくその言葉を受け入れようとしている自分に、亜梨沙は理由もわからない焦燥感《しょうそう》を抱《いだ》く。

「でも、私は、あなたに酷《ひど》いこと言ったりした……！　告白されるのだって本当は喜ばなくちゃいけないはずなのに、疎《うと》ましく思ってるし……こんな私が優しいなんて」

人に向けられずに抱《かか》えていた棘《とげ》の塊《かたまり》を、抱えたがために自分に突き刺《さ》さっていた醜《みにく》い棘を、恐《おそ》る恐る見せる。

――認めないでほしい。私が優しいなんて。

――認めてほしい。私にも欠片《かけら》でも誇《ほこ》れる何かがあることを。

目を眩ませながら光を求めるように、相反する感情が誠也の言葉を待っていた。

「優しい人間とは、完璧《かんぺき》な人間ということではない。余裕がなければ人を傷つけるし、誰かを泣かせたりもする。でもきっと優しい人は傷つけたことに心を痛める」

誠也は感情の伴《ともな》わない理論を展開し、ロボットのような無表情で亜梨沙の手を取る。

「朝比奈さんは傷つけたことに傷ついてる」

救われた、と。

その思いが暖かな雨のように亜梨沙を潤《うるお》した。

「わ、私……」

嬉《うれ》しい。嬉しい。頭の中にそんな言葉が波紋《はもん》を伴って心を揺らす。

私を見つけてもらえた、という思いがどうしようもなく亜梨沙を満たす。

「あの、あの……」

何かを言わなければと思うのに思考が空転する。歓喜《かんき》が次から次へと押《お》し寄せてきて、紡《つむ》ぎかけた言葉を押し流《なが》していく。

頬《ほお》が熱を帯びる。

無性《むしょう》に自分が今どんな表情をしているのか気になって手で顔を隠す。

「私、もう帰るから！」

ようやくそれだけを言って振《ふ》り切るように走り出す。

「そうか。さようなら」

背中を見送る言葉に返事もできず、亜梨沙は一目散に帰路を目指す。

レッスンに遅刻《ちこく》してしまう。本当に、あの人と関《かか》わるとろくなことにならない。

そんなことを考えながら、亜梨沙は童女のような微笑《ほほえ》みを浮《う》かべていた。

――いつか素直になれたら、酷いことを言ったこと謝《あやま》りたいな。

その常連客が店に来たのは、いつもの時間よりも随分《ずいぶん》早かった。

ママはいつものようにタバコを吹かしながらその客を見やる。

スーツに身を包んだ三十手前のＯＬらしき女だ。月に一、二回店を訪ねてくる。この店は扱っている内容が内容なだけにそれなりに金がかかる。見たところ裕福《ゆうふく》なわけでもなさそうなのに、随分足しげく通っている。厭世的《えんせいてき》な空気を身にまとっていて、ふとした思い付きでビルから飛び降りでもしそうな女だった。

顔立ちは整っているのにもったいない。ママは他人事《ひとごと》のように評した。髪《かみ》はほつれているし、眼鏡の下でわかりにくいものの目にはうっすらとクマができている。よほど会社で嫌なことがあるのか、過去に何かあって未《いま》だ引きずっているのか。いずれにせよ、金を払《はら》ってくれればどうでもよいのだが。

「あの、彼は来ていますか？」

「まだ来てないよ」

「そうですか……」

ぽつりと言って、言い淀むような仕草。それも一瞬のことで意を決したようにママの目を見据《みす》えた。

「あの……彼を引き取りたいんですが」

ああ、やはりその手の話かと嘆息《たんそく》する。最近家まで送るよう頼んだり、店外で会っていたようだからそろそろかとは思っていた。

「そういうのはやってないよ。帰んな」

「お金ならあります。彼の借金もすぐには返せないけど、少しずつ私が代わりに払います」

たまにいるのだ。勘違《かんちが》いして勝手に盛り上がって本気になる客が。本人は一大決心のつもりなのだろうが、ママからしてみれば何番煎《せん》じなのだとウンザリしてくる。

「あえて話に乗ってやるがあんたの収入はいくらだ。断言できるが、あんたの稼《かせ》ぎよりあいつの稼ぎの方が何倍も多いよ。うちとしちゃあ手放す理由がないね」

「そんな……」

噂《うわさ》をすれば、というべきか。

ベルの音とともに扉が開くと誠也が立っていた。間がいいのか悪いのか、今日は腕《うで》に結衣をぶら下げてはいないようだ。

「……誠也君」

「ママ、お疲《つか》れ様《さま》です。水樹さん、いらっしゃいませ」

水樹と呼ばれた女の表情が緩む。相当に心を開いているらしい。

「誠也、行ってきな」

「わかりました」

コクリと頷くと、誠也は水樹の手を取った。

「行きましょう」

誠也に導かれて、寄り添《そ》うように店の奥へ向かう。

「ねえ誠也君……」

その途中《とちゅう》、ねだるように水樹が誠也の腕をゆする。

「水樹さん、愛してます」

およそ感情がこもっているとは思えないそれを聞いて、水樹は熱に浮かされたような顔で誠也に絡める自身の腕に力を込《こ》めた。彼女には、もはやママの存在など目に入っていないのだろう。

消えて行った二人の背中を見送り、ふんと鼻を鳴らす。

——愛してる、ねえ。

誠也はわかりやすい人気はないものの、ある種カルト的な人気というか狭《せま》い客層に深く刺さる。人の悩《なや》みを嗅《か》ぎ分ける嗅覚が鋭《するど》いというか、相手の望む言葉を見つけ出す能力に長《た》けているのだ。これで話し方や立ち振る舞いをもっと客商売を意識したものにすれば、今より何倍も稼げるのだが――

ママは思い切りタバコを吸い上げ、吸い上げた以上の何かを吐き出した。

まあ、誠也本人にそれを伝える気もない。あの嗅覚はもはや性質に近い。変に仕込《しこ》もうとすると長所もろとも崩《くず》れてしまう。無感情だからこそ、客が自分にとって都合のいい思いを誠也に映せるというのもあるだろう。

ほぼフィルターのみになったタバコを灰皿に擦《こす》りつける。

――あの子がいつか普通《ふつう》の恋愛をするとして、それは果たして上手《うま》くいくだろうか。無自覚に人の心へ入り込むだけに、ある意味ただの女たらしよりもよほど性質《たち》が悪い。

望む時に望む言葉を半自動的に吐き出すのは、ロボットと変わりない。

だとしてもそれを聞いた者はこう思うのだろう。

彼は私を理解してくれている。

彼は私を愛してくれている。

誠也がただ、望まれた通りに行動しているに過ぎなくても、だ。

ママが先ほどの客の要求を突っぱねたのは、金だけの問題ではない。今の関係の延長線上で続いてくのなら、必ず崩壊《ほうかい》するのが目に見えていたからだ。

——誠也に恋愛は理解できない。きっとあの子に気のある奴《やつ》はいつか後悔《こうかい》する。

やり切れない思いを憂《うれ》いながら、ママは客を待つともなく待っていた。

◇　◇　◇

創が記憶《きおく》している限り、亜梨沙の方から誠也の席へ向かってきたのは初めてだった。

今日の授業が全《すべ》て終わり、解放感とともに生徒達《たち》が慌《あわ》ただしく準備をしている。

授業が終わるなり亜梨沙は立ち上がって、真っすぐ誠也の席へ来たのだ。

「あの、牧君」

「なんだ」

誠也がいつものぶっきらぼうな返事をしたのに対して、亜梨沙はいつもの凛《りん》とした立ち振る舞いと違《ちが》い、どこかおっかなびっくりのような、迷子の子供にも似た様子だった。

目線も落ち着きなく、もじもじとしている。

「あの、勉強教えてほしいって言ってたから、今日とかどうかなって思って……。いえ、嫌《いや》ならいいんだけど！」

矢継《やつ》ぎ早《ばや》に紡ぐ様子を見ながら、創は頭に疑問符《ぎもんふ》を浮かべる。

以前の頑《かたく》なな態度とは真逆のようなそれ。

——俺の知らない間に、一体何があったんだ……？

誠也が了承《りようしよう》すると微《かす》かに笑《え》みすら浮かべている。いつもの人当たりのよい大人びたそれではなく、感情にくすぐられて零《こぼ》れ出たような年相応の笑みだ。

「お、おい。朝比奈」

短い会話を終えて去ろうとする亜梨沙に、思わず声をかけていた。

「何かしら？」

振り向く彼女の顔はいつもの大人びた笑みだ。しかし、何となく機嫌《きげん》がいいことが窺《うかが》える。

「いいのかよ」

「別に大丈夫よ。今日は帰って勉強するだけだから。どうせなら人に教えた方が復習になって一石二鳥でしょ？」

「いやまあ、な」

聞きたいのはそこじゃないんだが、とは言い出せずに創はお茶を濁《にご》す。

「そういうことだから、後であなた達のところにお邪魔《じゃま》させてもらうわね」

「お、おお……」

「じゃあまた後でね」

軽く手を振って軽《かろ》やかに席へ戻る亜梨沙に茫然《ぼうぜん》とした様子で手を挙げ返す。

「どうした」

声に振り向けば、誠也がカバンに荷物を詰《つ》めながらこちらを見ていた。

「あいつ、なんか違くないか?」

「そうか?」

「あいつって俺たちにはこう……もっとそっけない感じだった気がするんだが」

「そうかもしれない」

最低限の返事。基本的に事実だけを淡々《たんたん》と答える誠也の話し方に好感を持っているものの、こういう時は少し腹が立つ。

「おまえ、なんかあったのか?」

「勉強を教えてほしいと頼んだ時に悩んでいるようだったから少し話した」

「ふうん」

その時に何かあったのだろうか。当たりをつけるもそれ以上聞きだすのは止《や》めた。

それ以上は亜梨沙が聞かれたくない話だろうし、当事者ではない創が踏《ふ》み込んでいい話ではない気がした。仮に聞くとするなら、それは誠也ではなく亜梨沙に聞くのが通すべきスジなのだろう。

「まあ何にせよ、よかったな」

「よかった」

「ハッ、全然喜んでるように見えねぇし聞こえねぇ」

何となく創も気分が浮《うわ》ついてきて、誠也の仏頂面《ぶっちょうづら》をイジる。

長い付き合いだ。

誠也の良さは理解されづらいだけに、誰《だれ》かに理解してもらえるのが創には嬉しかった。

誠也の純粋な目をもっと見てやってほしいと思う。利害も計算もなく、ただ真っすぐに正しいと思ったら辛《つら》い道でも進んで、相手に傷つけられようが間違《まちが》えたなら謝る。そんな子供の頃《ころ》から教えられてきた当たり前を実行できる人間が、世の中にどれほどいるだろうか。

確かに間違えてることも多いかもしれないが、不器用なりに真っすぐ歩き続けようともがくこの幼馴染《おさななじみ》には報《むく》われてほしい、と創は思うのだ。

「よっしゃ、さっさと視聴覚室に行こうや」

「嬉しそうだな。いいことでもあったのか」

「あ？　んなこたぁどうでもいいんだよ」

「そうか」

いつもより少し温度の高い掛《か》け合いをしながら、亜梨沙に一声かけて教室を出る。

二年の教室は二階にあるため、三階の視聴覚室へは階段を一つ挟《はさ》む。

すれ違う一年生が振り返りひそひそと何事か話すのを気にも留《と》めず、二人は視聴覚室の引き戸を開けた。

中では結衣がペンを片手に学校指定の問題集と格闘《かくとう》していた。

気配に気づいたのか結衣が顔を上げる。

「あ、お疲れ様です」

「よお」

「おつかれ」

三者三様の挨拶《あいさつ》を交《か》わし、今日は結衣の隣《となり》に腰《こし》かける。綿の潰《つぶ》れた椅子《いす》が背筋に軽い衝《しょう》撃《げき》を走らせた。いい加減クッションでも敷《し》くべきかと創は自分の腰を案じた。

「結衣、昨日言ったとこまで終わったのかよ」

「今やってるとこです」

「今かよ……」

まあ予想はついていた、と創はこれ見よがしにため息を漏らす。

「なんですかその反応は。しっかり真面目《まじめ》にやってるんですからね……五分前から」

「そーかよ」

「……そ、そういえば先輩、朝比奈さんの件は上手くいったんですか？」

創のジト目から逃《に》げるように問いかけた結衣に、隣でいそいそと勉強道具を取り出した誠也が目を向ける。

「ああ。もうすぐ来る」

「おおー」

感心してるんだかよくわからない感嘆《かんたん》の声が間抜《まぬ》けに響《ひび》いた。

「どんな手段を使ったんですか？」

「昨日頼んだら断られたが、さっき今日なら大丈夫だと言われた」

「俺《おれ》も聞いてたが、なんか態度がいつもと違くてよ。話し方が柔《やわ》らかかったんだよな」

創は話しながらも訝《いぶか》しげにしていたが、結衣は合点《がてん》がいったというように頷《うなず》いた。

「なるほど。先輩の必殺《ひっさつ》技が発動したのですね」

「俺は必殺技を持っているのか」

「ええもうそりゃあ強力なのを持ってますよ。日曜朝のレギュラーも夢じゃないです」

「そうか。やったー」

虚無顔《きよむ》で両手を上げる誠也のポーズは万歳《ばんざい》というより、デスマーチ後のお手上げにしか見えない。これは彼なりのユーモアなのか悩ましいところだ。それを見た結衣がまた身悶《みもだ》えているが、どこに色気を感じたのか、創には全く理解できなかった。もしかして俺って実は孤独《こどく》な存在なのか、と創が自分の人間関係に疑問を感じたところで、引き戸が開く音がした。

「お邪魔します」

少し硬《かた》い言葉とともに入ってきたのは、予想通り亜梨沙だった。

「よぉ、よく来たな。まあ座《すわ》れよ」

丁寧《ていねい》に戸の方を向き音を立てないように両手で閉めるのを見て、面接かよと創は脳内でツッコミを入れたが、そんなことをおくびにも出さず誠也の隣を指さす。

「どうも」

やはり少し硬い様子でおずおずと示された席に着き、筆記用具、教科書、ノートと確認《かくにん》するかのように一つずつ出していく。

「別にそんなガチガチになるようなことじゃねえだろ……」

「な!? べ、別に緊張《きんちょう》なんてしてないからっ」

「そーかい」

創が肩《かた》をすくめると、亜梨沙は頬を膨《ふく》らませる。

「本当だもん」

拗《す》ねる亜梨沙を見て、いつもの立ち振る舞いとはずいぶん違うと創は思った。

——今日のこいつはなんかおかしい。勉強の話だって正直望《のぞ》み薄《うす》だと思っていたのに蓋《ふた》を開けてみればこうして来ているし。

うーむと首を捻《ひね》っていると、結衣と目が合った。彼女は訳知り顔で笑みを浮かべる。どうやらあちらは理由に心当たりがあるらしい。

いつものことだ。常に一定の距離を取っているような素振《そぶ》りをしながら、その実一番状況《じょうきょう》を把握《はあく》している。角南結衣とはそういう少女だった。

かといって回答を教えてくれるような性格でもないので、聞こうという気はない。要するに自分がわかっているのをいいことに、ドヤ顔でただこちらを見てくるだけなのだ。鬱《うっ》陶《とう》しいことこのうえない。

そうこうしている間に、本格的に誠也と亜梨沙は勉強を始めていた。教科書に図形とずらずら並べられた数字の羅列《られつ》が見えるので数学を教えているようだ。

二人にならって創も教科書を開くが、隣のドヤ顔が止《や》まない。

「今すぐその顔を止めるか、このまま学生生活を止めるか選べ」

「さぁて、創さんに言われた課題を終わらせなくては」

冷《ひ》や汗《あせ》を流しながら腕まくりをする結衣にため息を吐《つ》く。亜梨沙は不思議そうな顔で二人の様子を見ていた。

勉強が一段落ついた頃に再び創は息を吐いた。今度は清々《すがすが》しさすら感じられる、満足感を伴ったため息だった。

かつてない程充実《ほどじゆうじつ》している、と創は感動すら覚えていた。前を見れば、創が見ていることも気づかずに誠也と亜梨沙が顔を寄せ合って問題を解いている。こんなにも集中していたことがあっただろうか。今までは「なぜxを使うのか」とか誠也が三分おきに謎《なぞ》の疑問を投げて来たりして遅々《ちち》として進まなかった。そんな調子で進学校であるここにどうやって入れたんだと創などは問いたくなるのだが、それが亜梨沙になると「諸説あるけど、昔の書物を翻訳《ほんやく》するときに、表現できない発音を置き換《か》えたものの名残《なごり》らしいわ」とさらっと答えてしまうのだ。横で聞いていた創も思わず感嘆の声を上げた。彼女は「何よ大したことじゃないわ」と頬を赤らめながら満更《まんざら》でもない顔をしていた。

隣の結衣は謎の対抗《たいこう》意識を燃やして、「制服の袖《そで》についてるボタンは鼻水を拭《ふ》かないようにナポレオンが考案したんですよ」と無駄《むだ》知識を披露《ひろう》していたが聞かなかったことにした。

なぜなのか、と落ち込んでいる結衣に、誠也が「知らなかった。教えてくれてありがとう」と天然でフォローを入れると目にハートを浮かべて復活した。

「今日はこのくらいにしとくか」

「ええ、そうね」

早々にノートやら教科書やらをまとめ始めている亜梨沙に向き直る。

「今日は本当に助かった。サンキューな」

「朝比奈さんありがとうございます」

「朝比奈さんありがとう」

「べ、別に頼まれたから来ただけで……感謝されるようなことじゃ……」

もごもごと言い訳をしている亜梨沙は年相応の少女らしさがある。素直《すなお》じゃねえ奴、と我知らず創の頬が緩《ゆる》んだ。

「また時間が合えば教えてあげてもいいけど」

「いいのか？」

誠也のぶっきらぼうな問に小さく頷く。

「ええと、ほんとに時間が合えば、だけど……」

「嬉しい。助かる」

「……うん」

俯《うつむ》いた亜梨沙の顔に仄《ほの》かな笑みが灯《とも》る。見ている側の目元が柔らかくなるような表情だった。不器用ながら二人の距離が縮まっているのを感じる。

──こういうのも悪くねえ。

亜梨沙に釣《つ》られるように笑みを浮かべながら創は思うのだった。

◇　◇　◇

自室でベッドに腰かけて枕《まくら》を抱きながら、亜梨沙は今日の放課後に行った勉強会の余韻《よいん》に浸《ひた》っていた。

何か特別なことをしたわけでもないし、会話が多かったわけでもない。

何人かで集まって勉強をするという行為《こうい》の空気感が新鮮《しんせん》だったのである。それに──同じ教科書を覗きこみ、時折触《ふ》れる肩や間近で聞こえる息遣《いきづか》い。

顔に熱が集まるのを感じて枕に押し付ける。鼓動は速く、心は明るく浮いている。

亜梨沙は初めての感覚に戸惑《とまど》う。ふわりと暖かいものに包まれながら混乱している。

いや、わからないふりは止めよう、と亜梨沙は目を逸《そ》らす自分に言い聞かせる。初めての気持ちだといっても、直感的にわかるものはある。

朝比奈亜梨沙は、牧誠也に惹《ひ》かれ始めている。

改めて言語化して、白磁のような頬が真っ赤に染まった。

――いやいや確かにそう考えるとしっくりくるけど。きっかけに心当たりもあるけど！

結論が出ても、自分自身にツッコミを入れる程度には、亜梨沙はまだ混乱の最中にいた。

昨日、知らない生徒に告白された日に、誠也に対して抱えきれなくなった思いの丈《たけ》をこぼした時のことを思い出す。

『朝比奈さんは傷つけたことに、傷ついてる』

――あれだけで⁉

時間にしてみれば五分もない邂逅《かいこう》だ。

亜梨沙は自分のチョロさに愕然《がくぜん》とした。

――いやいやいや確かに受け止めてくれたのは嬉しかったけど。すごく気が楽になったのは確かだけど！　今日になって何となく視界に入ったら意識するようにはなったけど‼

いやいやいやいやいやいやいやいや……。

スタジオジブ何とかのとなりのトト何とかに出てくるおばあちゃん並みのいやいやいや連呼

である。

だってあまりにも早すぎないか。これなら一目惚《ひとめぼ》れとかの方がまだマシだった……何がマシなのかわからないけど、と羞恥《しゅうち》に染まる亜梨沙の脳内で台風のように様々な言葉が吹《ふ》き荒《あ》れる。しかし、その中心の凪《な》いだところでは冷静な自分が分析していた。

――仕方ない。牧君は理解してくれた。

ベッドで暴れるのを止めて、体を起こす。

――告白される苦労を他の人に話しても羨望《せんぼう》や嫉妬《しっと》しか返ってこなかった。優しい人間なんじゃなくて、優しくなりたい人間なんだってわかってくれた。私自身も気づけなかった自分の綺麗《きれい》なところに気づいてくれた。

そんな亜梨沙が言ってほしい言葉を『単なる慰《なぐさ》めではない』と、嘘の吐けない不器用な性格で裏付けして言ってくるのだ。

自分の髪を一房《ひとふさ》手に取り、くるくると弄る。

そんなの疑いようがない。ずるいじゃないか、と半分拗ねたように唇《くちびる》を尖《とが》らせる。

だが、まだこれが恋心《こいごころ》なのかはわからない。

それにまだ全部を信じたわけでもない。誠也の目の奥《おく》で欲望が渦巻《うずま》いていることに亜梨沙は気づいていた。それは他の男子が向けてくるような下心などとも少し違うことにも。

——だから認めない。少なくとも今は。

「お嬢様《じょうさま》。旦那様《だんなさま》がお帰りになりました」

亜梨沙が結論付けたのを見計らったように、ノックとともに扉の外から声がかかる。

「今行くわ」

声を張り応《こた》える。静かな高ぶりと緊張が体を駆け巡る。

時刻は夜の八時を過ぎたところだ。これからいつもより少し遅《おそ》い夕食を食べる。

——お父様と食べるのはいつ以来だっただろうか。

少し恨《うら》みがましい気持ちに傾《かたむ》きかけた自分を、父は忙《いそが》しいのだからと正す。むしろ忙しい中自分のために時間を取ってくれたことを喜ぶべきなのだ。

亜梨沙の父親は大企業の創業者であり、そのために世界中を飛び回っている。当然、亜梨沙と過ごす時間もごく限られたものだ。迷惑《めいわく》を嫌《きら》い、亜梨沙側からは極力連絡《れんらく》を控《ひか》えているため、交流も少ない。実際に会話するより、メディアで見ることの方が多いくらいだ。それでも亜梨沙の母を早くに亡《な》くしてから、その全てを一人でこなしてきた父を敬愛していた。

亜梨沙にとって父親は、唯一《ゆいいつ》の肉親であると同時に最も尊敬すべき大人であった。

鏡の前に立つ。髪は乱れていないか。スカートは皺《しわ》になっていないか。リボンタイは曲がっていないか。等々、たっぷり二回ずつ確認したところで「よし」と声に出して際限のない不安を締《し》め切る。

最後に自分の顔を見る。

自身の容貌《ようぼう》に父の面影《おもかげ》を見つけて、小さく息を吐く。そこまでして、ようやく自室の扉を開いた。部屋を出た瞬間《しゅんかん》から十全十美の仮面を被《かぶ》り、一分の隙《すき》も無い最愛の娘《むすめ》を作り出して。

父の弁当もまともに作れない娘など必要ないのだから。亜梨沙はそんな未熟な自分を部屋に置き去った。

数か月ぶりに見た父親は、亜梨沙には少し痩《や》せたように思えた。後ろに流された黒い髪にも白髪《しらが》が増えたような気がする。しかし、少し気の強そうな顔を緩めて、亜梨沙を見つめるその優しげな瞳《ひとみ》は昔から変わらない。

「亜梨沙。元気そうだね」

「ええ、お父様も」

そんな言葉から始まった親子二人だけの会食は、和《なご》やかな雰囲気《ふんいき》に包まれていた。父親が外国で起こったエピソードを話し、亜梨沙が微笑みながら相槌《あいづち》を打つ。後ろで待機している使用人が時折タイミングを見計らって料理を差し替《か》えていく。

「亜梨沙、もうすぐテストだったな。具合はどうなんだ？」

「準備はしているわ。この後も少し勉強するつもり」

「そうか。今度は一番になれるといいな」

屈託《くったく》のない笑顔《えがお》で言う父親に、どうにか笑みを返す。

二人の声だけが響いていた部屋に、電子音が鳴った。

「おっとすまない、電話だ」

立ち上がり、スマホを耳に当てながら部屋を出て行く。部屋を出るそのわずかな間ですら、楽しげに会話が弾んでいるのがわかった。強張った笑みを浮かべていた亜梨沙は、表情を崩して我知らずため息を吐いた。

父に悪気はなく、自分が勝手に気負っているだけというのも亜梨沙は理解していた。

父親が彼女と同じ歳《とし》の頃には、すでに海外に留学していたとともに事業を手掛《てが》け始めていたという。そんな父から見て、小さな島国の進学校で一番にもなれない娘とはどういう風に映っているのだろうか。勉強もできず、人間関係も上手く構築できない不器用な娘に、父は内心落胆《らくたん》していないだろうか。そんなことばかり考えてしまうのだ。

亜梨沙の父はすぐに戻《もど》ってきた。「すまないな」と詫《わ》びを入れて席に着く。

「今度、アメリカで新規事業を始めるのは前も話したね。今は人脈の基盤《きばん》を強くすることが大事だからしばらくは実務以外でも忙しくなりそうだ」

無理やり気持ちを切り替えて父に相槌を打った。

亜梨沙にとって、父親の話はいつか自分が踏み入れることになる世界を垣間見《かいまみ》るチャンスだった。一言一句逃《のが》すことのないよう細心の注意を払う。今では数少なくなった親子一《いっ》緒《しょ》の食事は亜梨沙にとって、父親の考え方を知ることのできる貴重な機会だった。

ふと、父親が食事の手を止めて亜梨沙を見ていることに気づく。

「どうしたの?」

「亜梨沙、一緒にいる時間を作れなくてすまないな」

沈痛《ちんつう》な面持《おもも》ちをしている父親の姿に、亜梨沙は自分でも不思議なくらいに狼狽《うろた》えた。

「い、いいの!　大丈夫《だいじょうぶ》だから、私のことは気にしないで!」

一秒でも早く父の曇《くも》った顔を晴らしたい。その思いだけが亜梨沙の全てになって慌てて手を振る。

「だが、唯一の家族なのにまともに構ってやれないで……」

「本当に、私は大丈夫だから。……それよりお父様にはもっと自分の体を労わって欲《ほ》しいわ」

何よりも父親の重荷になることが、亜梨沙には耐《た》えられなかった。

「亜梨沙……」

かすかに、父の目が潤《うる》んでいるように見えた。

「……そうか、そうだな。俺が倒《たお》れたら亜梨沙が困るからな」

「もう、そういう意味じゃないったら」

「ははは」

頭が切れて、明るく快活で人情に厚く、少し涙《なみだ》もろい。

そんな誰にでも好かれる父親のことを心の底から尊敬していた。

だからこそ亜梨沙は影《かげ》も見えないほど遠い父の背を、途方《とほう》に暮れながら追いかけるしかなかったのだ。

◇　◇　◇

掲示板《けいじばん》にテストの結果が貼《は》りだされたのは、テスト終了《しゅうりょう》一週間後のことだった。

放課後、創は誠也を伴い自分の順位を確認してさっさと視聴覚室《しちょうかくしつ》へと向かう。解放感か

それとも夏服に替わったせいか、校内の雰囲気は明るく華《はな》やいで見える。それらを横目に見ながら引き戸を開くと、亜梨沙がそわそわとしながら座って待っていた。創たちを見て

安堵《あんど》の笑みを浮かべる。今回は勉強に協力してもらったということで創が事前に呼んでいたのだ。各々《おのおの》挨拶《あいさつ》を交わし、適当な席に着く。

——それにしても来るの早すぎだろ。

創たちと同じクラスなのだからスタートは一緒のはずなのだが。早歩きで結果を確認してここに来たのか、とその様を想像してしまい軽く噴《ふ》き出す。誠也と亜梨沙が揃《そろ》って小首を傾《かし》げたのを見てまた笑いが込み上げた。

「ああいや何でもねえ」

手を振り応える。関わる前までの亜梨沙は、誰にでも分け隔《へだ》てなく接するが越《こ》えられない壁《かべ》があって取っつきづらい印象だった。しかし最近は上品な犬のように創は思えて仕方なかった。普段《ふだん》は澄《す》ました顔をして遊んでもらえそうな雰囲気を察すると全力で構ってもらいにいくような。本人に言ったら怒《おこ》るのだろうが。

「結衣はまだ来てないのか？」

内心で失礼なことを考えてることはおくびにも出さず創は尋《たず》ねる。

「私が来た時には誰もいなかったわ」

いつもは早めに来て読書していたりスマホを弄《いじ》ったりしているのだが。後たまに教室を掃除《そうじ》していることもある。先生方に目を付けられないため、らしいが確かに未だ因縁《いんねん》をつけられたことはない。

「ふうん。珍《めずら》しいな」

一年の教室は視聴覚室と同じ三階にあるので、このメンツの中では当然一番近い。何もなければ必然的に早く着くはずなのだが。

何もなければ。

——あ。これ、そういうことか？

創はとある結論に至り、その胸に一抹《いちまつ》の不安が過る。

「もしかしてテストの点数ヤバかったんじゃねえか……？」

恐《おそ》る恐る聞いてみる。

「あー」

「あー」

否定してくれと願うも、返ってきたのは察したような返答が二つ。結衣の信頼度《しんらいど》が窺える。

つまり気まずくて顔を出せないということだろうか、と創は予測を立てる。しかしその直後に自分の考えを打ち消した。

——いや、あいつにそんな繊細《せんさい》な心はないから俺に説教されるのが嫌だから逃げたってところか。全く、頑張《がんば》って駄目《だめ》だった分には別にどうこう言うつもりはねえんだが。

さりげなく創が酷《ひど》いことを考える。見つけたら優《やさ》しくしてやろうと決めた時、部屋の引き戸が開いた。

件《くだん》の結衣が立っていた。その手には膨らんだレジ袋《ぶくろ》を持っている。

「どーもです。遅くなりました」

空いている手で緩い敬礼もどきをしてくる結衣に、三人は生暖かい目を向けた。

「おう結衣。よく来たな。今日は疲れただろう？　ほらここ座れよ」

「角南さん、大丈夫よ。何回もあるうちのたった一回駄目だっただけなんだから。これから頑張ればいいの。ほらここ座って」

「おつかれ、ここに座るといい」

「な、なんですか。三者三様に気持ち悪いですね」

何かを感じ取ったのか、その小さな口をへの字にして警戒《けいかい》している。

「その袋《ふくろ》はどうした。やけ食いか？　頭も悪くて肥えたら救いようないな？」

気持ち悪いと言われたのを根に持ったわけではないが。決してそのようなことはないが、
創が追い打ちをかける。

「なんですか出るとこ出ましょうか？　腕っぷしでは勝てないので生徒指導室に出ます

よ」

「くっ」

創が歯噛《はが》みしていると、全身全霊《ぜんしんぜんれい》のマウントフェイスをしながら結衣が袋を机に置いた。

「遅《おく》れたのはこれを見つからないように運んできたからです」

中にはポテトチップスやらチョコ菓子《がし》やら色とりどりのお菓子類とジュースやらお茶やらが大量に入っている。

「これどうした？」

誠也が不思議そうな顔で尋ねると、結衣はむふーとドヤ顔で答える。

「今回は特別頑張ったので、プチお疲れ様会でもしようかと思って」

「マジか。粋《いき》かよ」

「もっと褒《ほ》め称《たた》えてもいいんですよ？　ほらほら」

何のダンスか、結衣が両手を腰に当ててフリフリとお尻《しり》を振《ふ》る。腰を振るたびにセミロングの癖《くせ》っ毛も一緒に揺《ゆ》れる。

「結衣、ありがとう」

「はあぁぁ先輩《せんぱい》のためならもう毎日開きますぅ！」

「毎日はさすがに多いんじゃないかしら……」

無駄口《むだぐち》を叩《たた》きながら準備を進める。部屋の外から見えない位置に陣取《じんど》り、お菓子の袋をいわゆるパーティ開けして紙コップに各々《おのおの》飲みたい物を注ぐ。一通り落ち着いたところで皆《みな》思い思いの席に着く。

「じゃあ始めるか」

結衣がハイ、と真っすぐ手を伸《の》ばす。

「こういうのってやっぱ乾杯《かんぱい》の音頭《おんど》がいるのでは？」

「飲み会かよ」

「似たようなものじゃないですか。せっかくですし」

「まあな……ええとじゃあ、朝比奈頼《たの》む」

「え、私っ？」

「いやおまえなんかそういうの得意そうだし」

「もう……私だって苦手なのに」

ぶつくさ言いながらこほんと小さく咳払《せきばら》い。

「えーと本日はお日柄《ひがら》もよく……」

「かたっ！」

「朝比奈さん、今日は仏滅《ぶつめつ》だ」

「……労多くして功少なしとは申しますが」

「よっパーティ奉行《ぶぎょう》！」

「なんだよその和洋折衷《わようせっちゅう》」

「もー、うーるーさーいーのー！」

むくれたような口調で顔をしかめていた亜梨沙だったが、やがて堪《た》えきれないと言うように噴き出した。創と結衣もそれを見て笑みを溢《こぼ》す。

「じゃあみんなお疲《つか》れ様《さま》です、乾杯！」

各々紙コップを掲《かか》げて亜梨沙に続いた。

注がれた飲み物に口をつけて、お目当ての菓子に手をつける。

ポテトチップスにはご丁寧に人数分の割りばしが添《そ》えてあった。ホント、妙《みょう》なとこで気が利《き》くなと感心しながら創は割りばしを手に取る。

ふと周りを見れば、亜梨沙がオロオロしていた。

「どうした朝比奈」

「いえ、こういうお菓子って食べたことないから。どれから食べたらいいのかなって」

「マジで⁉　食ったことねえのか」

創の取り乱しように亜梨沙が慌てて手を振る。

「ち、違うの！　クッキーとかうちの料理長が作った物なら食べてるのよ？　だけどこういう市販《しはん》のは買う機会もなかったし……」

「うちの料理長……」

亜梨沙はまるで罪を告白する子供のようにシュンとしている。なんというか規模が違う。

「じゃあとりあえずポテチから食べたらどうです？　コンソメとか味濃《こ》くてジャンクフード感たっぷりですよ」

「そうだな、きっと衝撃受けんぞ」

「コンソメが一番うまい」

「え、ええじゃあいただくわ」

皆に見られているからか、未知との遭遇《そうぐう》への期待なのか、持った割りばしを微かに震《ふる》わせて、ポテトチップスを一枚掴《つか》む。特に色の濃いその一枚をしばし見つめて、意を決したように口へ放《ほう》り込《こ》んだ。

口をもごもごさせて、ごくり。

「……しょっぱい。けど美味《おい》しい」

感動に打ち震えている亜梨沙に、創は噴き出した。

「ハッハ！　どーよ、庶民《しょみん》の味も悪くねえだろ」

「うすしおも素朴《そぼく》でおいしいですよ」

「コンソメが一番うまい」

周囲が勧《すす》めるままにあれこれ手をつける。そのたびに大げさなくらいのリアクションを起こすので、途中《とちゅう》から半分おもちゃにされていた。

「そういえばおまえらテストの結果はどうだったんだよ。俺は平均越したぞ」

亜梨沙のお気に入りが見つかった頃、創は唐突《とうとつ》に切り出した。

「えー？　それ聞きます？」

「そもそものために集まったんだろうがよ」

「むー。私は平均か平均じゃないかで言ったら平均じゃないですよ」

「平均より下の方な」

「下の方か上の方かで言ったら、下の方ですねぇ」

「めんどくせえな。誠也はどうだよ」

聞かれて誠也は指を一本立てた。

「えっ一教科赤点か？」

創の声に釣られて亜梨沙と結衣も誠也を見た。特に誠也に勉強を教えていた亜梨沙は少し顔が強張《こわば》っている。

「全教科赤点より一点上だ」

「いや逆にすげえな」

「ギリギリを生きる先輩も素敵《すてき》です」

「回避《かいひ》できたならよかったわ。教えた身からしたら申し訳なくなるもの」

「朝比奈さんはどうだったんだ？」

誠也が水を向けると亜梨沙は何とも答えにくそうにもじもじしている。

「あの、平均よりは上、です……」

「ああ見たぞ、学年で二位だろ。毎回すげえな」

創の称賛《しょうさん》に亜梨沙は何か言いたげにしていたが、それよりも早く横から結衣が悔《くや》しげに口を開いた。

「くぅ朝比奈さんやりますね。次は負けませんよ」

「おまえは同じ舞台《ぶたい》に立ってねえから。てかそもそも学年違《ちが》うだろ」

創と結衣が不毛なやり取りをしている中、亜梨沙は浮《う》かない顔をしていた。誠也が少し顔を寄せて口を開く。

「たくさん勉強したのか？」

亜梨沙はちらちらと誠也を横目で見ながらもごもごと答えた。

「えと、家に帰ってからいつも復習してるから……」

「そうか。頑張ってるんだな」

「うん……」

亜梨沙はそれっきり俯いてしまう。

創が隣の結衣を見れば、それはもう楽しそうにニヤニヤしている。創にもその気持ちはわかる。青春である。アオハルである。青い奴《やつ》らの春である。見ていると叫《さけ》びながら頭をかきむしりたくなるような気分になる。結衣もこういう時は茶化《ちゃか》したりはしない。彼女《かのじょ》のそういう部分を創は好ましく思っていた。好き勝手やっているようで実は人を慮《おもんぱか》っている。

――と思っていたのに。

「う～せんぱ～い。きょ～はうちぃ誰もいないんれすよ～」

「そうか。大変だな」

「せんぱいつれな～い」

「おまえなんで酔《よ》ってるんだよ」

「場酔いです場酔い。察してくださいよ」

「口調戻ってんじゃねえか」

「そ～んなことないれすよ～。ねぇ？　せんぱ～い」

「よくわからない」

——さっきの感心を返せ。

誠也にウザ絡《がら》みしている結衣を見てため息を吐く。

亜梨沙はニコニコと張り付いたような笑顔で二人を見ているが、彼女を見ていると創の背中に寒気が走る。精神衛生上よろしくない。

夕日の赤色を夜の帳《とばり》が覆《おお》い始めている。パンパンと創は手を叩いた。

「ほら、そろそろ片付けるぞ」

異口同音に返事が飛んでくる。

適当に分担してゴミを集め、残った物は分配——亜梨沙はポテトチップスのコンソメとタケノコを模したチョコ菓子を気に入ったようだ——して、机と床《ゆか》を軽く掃除する。

「そういえば今回のお金払《はら》ってないわ。いくらだったの？」

不意に亜梨沙が結衣に尋ねる。

「いえ、私が勝手にしたことですからお気になさらず」

「後輩《こうはい》に金出させるわけにもいかねえよ。俺と誠也が出す。それでいいよな？」

コクリと誠也が頷く。

「後輩にっていうなら、私も出すわ」

「朝比奈もいらねえぞ。元々勉強教えてくれって頼《たの》んだのはこっちだし、実際朝比奈のおかげみたいなとこもあるしな」

「ええ、でも……」

渋《しぶ》る亜梨沙の目を誠也が捉《とら》える。

「代わりにまた勉強を教えてもらったり、こうやって遊びたい」

やはりシンプルな、そしてダイレクトに伝わる、ある意味豪快《ごうかい》なその話し方。

「いいだろうか？」

どうやらそれに対する答えを、亜梨沙は一つしか持ち合わせていなかったようだった。

「よっしゃ決まりだな」

創の中で亜梨沙に対する疑念はほぼ晴れていた。こう言ったら彼女に失礼なのかもしれないと思いつつ、自分たちと亜梨沙は似ている部分がある、と創は考えていた。

片付けも終わり、亜梨沙が一足先に帰るのを見送る。

――誠也と亜梨沙がこのまま上手《うま》く行けばいいと思う。案外いいコンビなのかもしれない。不器用同士勘違《かんちが》いしたりされたりしながら、周りを巻き込みつつなんとかやっていくのだ。そんな未来を思《おも》い描《えが》く。きっとそうなればいいと思う。

「俺らも帰るか」

分配した菓子やら飲み物やらをカバンに無理やり詰《つ》め込み視聴覚室を出る。廊下《ろうか》にはすでに電灯が灯り、ワックスの利いた床が鈍《にぶ》い光を返していた。

階段を下り玄関《げんかん》へ向かうと、汗と制汗剤《せいかんざい》の香《かお》りが鼻をくすぐる。部活終わりの生徒達《たち》がいたのだろうかと創は推察した。

靴《くつ》を履《は》き替えて外に出ると、風が体に纏《まと》わりつく熱気をさらった。そのころになってじっとりと汗をかいていることに気がつく。

「それでは先輩方《せんぱいがた》また」

「おう、今日はサンキューな」

「さようなら」

手を振り結衣と別れる。

見送って歩き出したところで後ろから誠也の声がかかる。

「今日は寄るところがあるから先に帰ってくれ」

「寄るとこ？　こんな時間からどこ行くんだよ」

返事がない。振り返る。

「どうした？」

「別に大丈夫だ」

目を合わせない。

「何がだよ。おめえに隠《かく》し事《ごと》は無理だ。ほら吐け」

「……病院だ」

「……おまえ、何もこんな時に――」

言いかけて止める。何を言おうとしたかに気づいて苦いものが口に広がり顔をしかめた。

「今日のこと、楽しかった」

「……」

「だから、伝えたい」

「そうか」

頭を乱暴にかく。当たり前だよな、と自己嫌悪《けんお》に陥《おちい》った。

――昔は同じだったはずだ。いつから俺《おれ》はあの人に関《かか》わることを面倒《めんどう》事だと認識《にんしき》し始めたんだろうか。小さくため息を吐いた。

「俺も行く」

「そうか」

停留所に向かうと、幸いにもちょうどバスが来ていた。

幾《いく》つかバス停を見送ったところで降りる。徒歩で駐車場《ちゆうしやじよう》を抜《ぬ》けガラス張りの玄関を潜《くぐ》る。

受付を通り過ぎてエレベーターに乗る。八階の一番奥の部屋へ近づくに連れ、空気が重く圧し掛《か》かるような気がした。胸が苦しくなって呼吸が上手くできない。隣《となり》の誠也を見る。何も思わないのだろうか。毎回罵声《ばせい》を浴びせられて、なぜ当たり前のようにここへ来られるのか。

——本当の親子なら、当たり前なのか？

結局、学校を出発してから一言も話さずに病室まで着いてしまった。

「母さん、入ります」

両手で取っ手を掴み、開く。

返事はない。

見えた部屋の中は前と変わらない。

日当たりが良い間取りで、清潔感のある白い部屋。隅《すみ》に置かれたテレビ付きのチェスト。こちらに背を向けて、ベッドに力なく横たわるくすんだ金髪《きんぱつ》の女性。

時間が止まっているかのようだった。その時間が誠也と創では動かせないことも、もうわかっている。

「母さん」

「何しに来た」

「今日クラスメイトと試験のお疲れ様会をしました」

「……」

「楽しかった、です」

「……」

「……それ、だけです」

「じゃあとっとと帰れ」

「……はい」

慎重《しんちょう》に戸を閉めて、ベッド横に立つ誠也に並ぼうとしていた創が足を止める。

半端《はんぱ》な位置で立ち止まった創は、踵《きびす》を返して部屋を出ていく誠也に慌《あわ》ててついていった。

「お、おい……」

戸を閉めた体勢のまま、いつかのように黙《だま》り込む。

「……誠也？」

ガラス細工に触れるように声を掛ける。

「……俺は、話すのが下手だな」

「……おまえじゃ、ねえだろ……っ」

ぎりぎり鼓膜《こまく》に届く掠《かす》れた声。誠也は母親のことになると感情が露《あら》わになる。そして漏《も》れ出すのは大抵《たいてい》、使い古されてボロボロになった自省だった。

「……」

創の言葉は届いているのだろうか。判断できなかったが言い募《つの》ることはしなかった。言ったところで誠也が自分を責めることはわかり切っていた。

「創。先に帰ってくれ」

「大丈夫なのか？」

「いつものことだ」

わかった、と一言添《いいそ》えて誠也のもとを離《はな》れる。本当に大丈夫なのかはわからない。だがどちらにしろどうしたらいいのかなど、創にはわからなかった。明日会った時にはまたいつも通りに戻っているのだろう。

いつもそうだった。

——正しい行動があるとして俺がそれを選べば何か変わるのだろうか。傷を癒《い》やすことができるのだろうか。誠也の分厚いかさぶたのような鉄の仮面は取り払えるのか。誠也の母親は昔みたいな人に戻るのだろうか。

外に出て、いつものベンチへ体を投げ出すように腰《こし》かけた。

ついてきても何も変えられない。創はわかっていた。誠也は傷つくし、誠也の母は全《すべ》て

に棘《とげ》を向ける。それでも頑《かたく》なについていこうとするのは――

結局は創も何も変わらない。誠也にもう関わるなと言えないのも、創自身が繋《つな》がりを断《た》つことを恐れているからだった。

指で自分の短い髪《かみ》を梳《す》く。

随分《ずいぶん》染めるのが上手くなったと思う。誠也の母と同じ時期に染め始めたが、今なら創の方がよっぽど綺麗に染髪《せんぱつ》できている。お揃いの髪色を見せた時に泣きながら抱《だ》きしめられた思い出が、未《いま》だ創を離そうとはしてくれない。

あの時言われた言葉がなんだったのか、擦《す》り切れた記憶《きおく》では思い出せなかった。

◇◇◇

――なんだか学校が楽しい。

授業が終わり、カバンに道具を入れながら亜梨沙は笑《え》みを浮かべた。最近増えてきたひそひそと声を潜《ひそ》めている周囲の目を見ない振りができるくらいには余裕《よゆう》ができていた。いそいそと支度《したく》を終えて教室を出る。向かう先は視聴覚室だ。お疲れ様会をしてから顔を出すようになっていた。

しっかりと手入れが行き届いているのか、スムーズに動く引き戸を開く。

中を覗《のぞ》くと結衣が一人で読書をしているのが見えた。

「角南さんお疲れ様」

「あ、お疲れ様です」

「牧君と手塚君は来てなかった？」

「いえ、来てませんけど」

教室の様子を思い出す。確か、二人とも一足先に教室を出て行ったはずだが。

「そう……」

小首を傾げながらも頷《うなず》く。どこかに用事でもあったのだろうか。とりあえず結衣の近くの適当な椅子《いす》を引いて腰かける。

「……」

「……」

よくよく考えてみれば亜梨沙と結衣はほとんど面と向かって話したことがない。

あれ？　とか言いながら意味もなくカバンの中を三回ほど漁《あさ》ったが大した時間稼《かせ》ぎになるはずもなく。すぐにまた悶々《もんもん》と時間が過ぎるのを待つだけになった。

ちらりと結衣の顔を覗く。彼女の方はこちらを意にも介さず活字の羅列《られつ》を目で追っている。いつも色のない笑みを浮かべていて、今もその心の内は読めない。

亜梨沙は結衣のことが少し苦手だった。ある意味で誠也以上に読めないところがある。無遠慮《ぶえんりょ》
愛想《あいそ》がよくて器用に立ち回るが、一方で他人に興味のないような素振《そぶ》りも見せる。

に人の傷を抉《えぐ》ったかと思えば、驚《おどろ》くような気遣《きづか》いをすることもある。

そして誠也が好きだということを公言している。

結局は最後の一点が亜梨沙の中で引っかかっているのかもしれない。

――この娘はなんで牧君を好きなんだろう。

「どうかしたんですか？」

心を読んだかのようなタイミングで話しかけられてドキリとする。

「さっきからじっと私を見て。もしかして惚《ほ》れちゃいました？」

幼い顔に蠱惑的《こわくてき》な微笑《ほほえ》みを浮かべて小首を傾げる。それがなぜか様になっていた。

「いえ、何でもないわ」

結衣に妙な色気を感じて、変に高鳴る胸に手を当てて顔を背《そむ》けた。

「あら残念です。私は朝比奈さんのこと好きですよ？」

ふう、と撫《な》で下ろして飲みかけていた紅茶を危《あや》うく噴《ふ》きかける。

「な、な、な――」

「朝比奈さんはお嫌《いや》ですか？　女同士は……」

椅子から立ち上がり、たっぷりと時間をかけて距離《きょり》を詰めてくる。男子から告白されることはあっても女子から迫《せま》られるのは流石《さすが》に経験がない。椅子に腰かけている亜梨沙に結衣は顔を寄せてくる。色素の薄《うす》い結衣の髪からいい匂《にお》いがする。眠《ねむ》たげな眼《まなこ》は切なく潤んでいて、ぺろりと唾液《だえき》で濡《ぬ》らした唇《くちびる》は艶《つや》やかに輝《かがや》いている。

「私、二人きりになる時をずっと待ってたんですよ……？」

「ちょ、まって、まっ……ぁ」

――冗談《じょうだん》よねこんなのだっていきなりすぎるしいやいきなりじゃなかったらいいってわけでもないけど顔が近いよぉ息がかかってくすぐったい甘《あま》い匂いがするちかいちかい――

「とまあ冗談は置いといて」

「へぁ……？」

いつの間にか閉じていた目を開くと結衣がニヤニヤとこちらを見ていた。

「期待しました？」

「こ、こ、この……」

「顔を真っ赤にして慌てふためく朝比奈さん。可愛《かわい》いかったですよ。ご馳走様《ちそうさま》です」

――ああ、わかった。この娘《こ》の性格。

ただ一言、性質《たち》が悪い。

「意外と押《お》しに弱いんですね。雰囲気に流されると後々後悔《こうかい》しますよ？」

指を振りながらご高説を垂れる小娘《こむすめ》に、亜梨沙は思わず拳《こぶし》を握《にぎ》り締《し》める。

「あなたねえ、そんな気もないのにあんなこと――」

「あら、私は本当に続きをしてもいいですよ？」

「ふぇ？」

「それなりのお金をも・ら・え・れ・ば、ですけど」

顔をしかめる。こんな下世話な冗談を言う娘だとは思わなかった。結衣への失望の念が亜梨沙の中に渦巻《うずま》いた。もっと弁《わきま》えている娘だと思ったのに――と。

「まあそれはさておき、聞きたいことがあったんですよね？　例えば先輩のこと、とか」

「……」

先ほどまでの言動とは不釣《ふつ》り合いな澄んだ瞳《ひとみ》が亜梨沙を映していた。

「私と先輩の関係、気になりますか？」

「……別に気になんてしてないけど」

もごもごと言い返す。苦《くる》し紛《まぎ》れにも聞こえる亜梨沙の言葉を聞いて、結衣はただニコリと微笑んだ。いつものポーカーフェイスとも違う、時折見せる悪戯《いたずら》っぽいそれとも違う、同性の亜梨沙すら見惚《みと》れるような、一条《いちじょう》の光が差し込むような優しい笑顔《えがお》だった。

「朝比奈さんは素敵ですね」

「な、なによ。バカにしてる？」

「いいえ、褒めてます。私、やっぱり朝比奈さんのこと嫌《きら》いじゃないですよ」

嫌いじゃない。それは喜んでいいのか困る表現だ、と亜梨沙は思った。

「安心してください。私と先輩は付き合ってませんし、朝比奈さんが私を気に掛ける必要もありません。泥棒猫《どろぼうねこ》なんていう気もないので心置きなく先輩とイチャコラしてください」

「い、い、い、イチャコラって……」

結衣のことはよくわからない。粋な計らいをすることもあれば、下世話な冗談を言うこともあり、かと思えばハッとするような美しさを見せることもある。

ただ一つわかることは。

「そしてあわよくばその様を撮影《さつえい》させてください。家でソロ寝取《ねと》られプレイに勤《いそ》しむので」

性質が悪い。とても。すごく。

亜梨沙が結論付けたと同時、やや乱暴に引き戸が開かれた。

「よお悪ぃ。武田に呼ばれて遅《おそ》くなっちまった。あいつ俺と誠也一緒《いっしょ》くたにしやがるの本当ムカつくわ。俺はともかく誠也は別に見た目は問題ないってのによ」

「待たせた」

「ホントに待ったわ……」

深い、深ぁいため息とともに、本音が零《こぼ》れ出た。

重い疲労感《ひろう》が肩《かた》に圧し掛かる。結衣は後ろでむふふと口に手を当てて笑っている。

「ん？　おお悪いな」

事情を知らない男二人組が疑問符《ぎもんふ》を浮かべている。

「先輩待ってました。ささ、こちらへどうぞ」

結衣は変わりなく誠也しか目に入っていない。先ほど亜梨沙に気に掛けるな、と言っていたが、結衣の方も亜梨沙のことを気に掛けるつもりはないらしい。過剰《かじょう》に気遣われても困るだけだから問題はないのだが、この割り切りの良さが亜梨沙には理解できなかった。

行動は恋《こい》する乙女《おとめ》その物なのだが、意中の相手を取られることに抵抗《ていこう》はないのだろうか。

「朝比奈、どうした？」

結衣を凝視《ぎょうし》していたのに気づいたのか、創が声を掛けてきた。

「い、いえ、何でもないわ」

慌てて取り繕《つくろ》う。

「そういや、朝比奈と結衣が二人だけっての初めてだよな。おまえらどんな話したんだよ」

——なぜそこに気づいた。

恨《うら》みがましい視線に創が怯《ひる》む。ここでさっきの話を持ち出されるのは非常に良くない気がする。具体的に言うとこのグループ内での亜梨沙の立ち位置がよろしくないところで定着する気がした。恐る恐る結衣を見るとそれはもうキラキラした表情でこちらを見ていた。玩具《おもちゃ》を目にした童女のようにも見えるが、今の亜梨沙には嬉々《きき》として世界を混沌《こんとん》に陥《おとしい》れる悪魔《あくま》にしか見えない。

「実はーなんですけどー」

妙に間延びした口調で結衣がこちらをちらちら見ている。

「朝比奈さんがー先輩とー」

「ま、ま、待つょビョン！」

「待つょビョン？」

「待つょビョンって言いましたね」

「待つょビョンってなんだ？」

「待つょビョンって聞いたことないですね」

創と結衣が馬鹿丁寧《ばかていねい》に発音の難しい新言語を繰《く》り返す。すでに弄られ始めているが、余裕のない亜梨沙にそれを気づく余地はない。結衣は表情を崩《くず》さないようにしているが、口《くち》の端《はし》がひくついている。

「朝比奈さんどうしたんですか?」

「角南さん、ちょっと待って。まずは話し合いましょう」

「何をそんなに慌ててるんですか?」

「そうだぞビョンちゃん、少し落ち着けよ」

「ビョンちゃん言うな!」

がーっと威嚇《いかく》しながら肩に乗せられた創の手を払いのける。

「朝比奈さんが困ってる」

亜梨沙の前に誠也がかばうように立ち塞《ふさ》がった。亜梨沙は胸が高鳴るのを感じて顔が赤くなる。

「牧君ありがとう……」

「気にしなくていい」

誠也が振り向き腰をかがめる。かがめたせいで顔が近い。

「で、でも……それじゃ私の気が収まらないわ……?」

誠也の後ろ、亜梨沙にしか見えない位置で結衣は女子高生がやってはいけないハンドサインを送ってくる。

ボンっと亜梨沙の顔が沸騰《ふっとう》した。意味を理解できる辺り、亜梨沙も大概耳年増《たいがいみみどしま》である。

「それなら頼みがある」

「あ、あの牧君。か、顔近い、よ……？」

いつになくグイグイ来る誠也に押され気味の亜梨沙。雰囲気《ふんいき》に流されやすい。結衣に言われた言葉が蘇《よみがえ》る。果たして雰囲気がある状況《じょうきょう》なのかは甚《はなは》だ疑問だが。

「あ、あの……」

誠也がゆっくりと口を開いた。吐息《といき》が亜梨沙の唇を撫でる。

「朝比奈さんの弁当が食べたい」

ブルータス、おまえもか。亜梨沙は今ならカエサルとマブになれる気がした。

「どうだろう？」

ガッデム。亜梨沙は今なら神すらも堕《お》とせる気がした。

「わざとよね？　わざとなのよね？　つまり千切ってもいいわよね？」

「何をですかっ⁉」

よくわからないが不穏《ふおん》な言葉に結衣が悲鳴を上げた。

ゴゴゴ……とゴツイ字体の擬音《ぎおん》が亜梨沙の背中に見える。俯《うつむ》き陰《かげ》になっているその表情は周囲からは見えないものの、きっと誰《だれ》もが彼女の背後に修羅《しゅら》を幻視《げんし》しているだろう。

やりすぎたかもしれない、と創の顔が引きつっているが、もはや全ては手遅《ておく》れである。

手をワキワキしながら近づいてくる亜梨沙から後ずさり、創が残りの二人に振り向く。

「お、お、お、おまえらもうすぐバイトの時間だろ？　俺のことはいいから先に行け！」

映画のクライマックスさながらのセリフで創が仲間をバイトに送り出す。

「創さんのことは絶対に忘れません！　……先輩、行きましょう」

「創、朝比奈さん、さようなら」

二人が引き戸の向こうへ消えたのを見て亜梨沙はふう、とため息を吐《つ》いた。

「もう……。みんなして私のことからかうんだから」

恨めしげな目を受けて創はケタケタと笑った。

「でもおまえ、結構楽しんでるだろ」

「……知らない」

ツンとそっぽを向いた亜梨沙を見て創がまた笑いだす。

認めたくはないが、創の言う通り亜梨沙はこういうやり取りが嫌いではなかった。今までは見えない壁《かべ》のようなものが自分と周囲の人間を隔《へだ》てていた。それは亜梨沙自身が作ったのか周りが築いたのかわからないが、とにかく壁を越《こ》えてくる者はいなかった。表面をさらうような薄い会話。それが亜梨沙の日常だった。当然自分を弄《いじ》ってくる人間なんていなかったため、こういった言葉の応酬《おうしゅう》は新鮮《しんせん》で楽しかった。

「まあ朝比奈は猫被《ねこかぶ》ってるよりこっちの方がおもしれえからいいと思うぜ」

「別に好きで猫被ってるわけじゃ……ないもの」

――できれば誰にでも心から優《やさ》しくありたいと思う。自分を好いてくれる人間に感謝の心で接したいと思う。自分を嫌う人間の言葉を真摯《しんし》に受け止められる広い心を持ちたいと思う。しかし、現実の自分はなんと矮小《わいしょう》で狭量《きょうりょう》なことか。

理想と自身を見比べるたびに亜梨沙は思ってしまうのだ。

下駄箱《げたばこ》に手紙が入っていれば好かれる喜びよりも煩《わずら》わしさが先に立ち、自分の陰口《かげぐち》が聞こえれば反省よりも反発が先に立つ。

「ねえ、自分が至らない自覚があって、でもせめて表面上だけでもって立派な人間を演じるのは悪いことなの？」

本当は優しい人間じゃないけど、優しくなりたいから親切にする。

本当は嫌だけど、喜べる人間になりたいから嬉《うれ》しいふりをする。

いつか自然にそう思えるようになることを信じて、亜梨沙は演じ続けている。以前、誠也に問いかけた際にはそんな彼女を肯定《こうてい》してくれはしたが、現状は依然として未熟なまま。

――それが猫《ねこ》を被《かぶ》るということなら、卑怯者《ひきょうもの》のすることだと言うのなら、もし変われなかったら、矮小な人間のまま生きるしかないのか。それとも他にやり方があるのだろうか。

「なんつうか、理想の自分ってのがあって、そのために絶対必要だってんなら止めねえけど」

あー、と言葉を探しながら創が顔を上向けた。

「無理してゴールしたとして、それを喜べる自分はまだ残ってんのか？　それなら最初っから自分らしくできる方法を探した方がいいんじゃねえの？　なんならゴールの場所もちょっとくらい変えてよ」

「……自分らしくって言葉は好きじゃないわ」

噛《か》みしめた歯の隙間《すきま》から漏れた言葉は僅《わず》かに震えていた。

自分らしく。確かに大事なことだと思う。だがそれを言われる度《たび》に、それでいいなら苦労なんて最初からしていないという反発が先に来てしまうのだ。

創は一瞬《いっしゅん》キョトンとした後、眉尻《まゆじり》を下げて顔を逸《そ》らした。

「……そっか。わりいな」

「あっ……ううん別にいいの！　むしろごめんなさい。慰《なぐさ》めてくれようとしてたのに……」

気まずい沈黙《ちんもく》が二人の間に横たわった。赤く色の付き始めた太陽が雲間に隠れて、部屋に落ちる影が濃くなる。

　空気に堪《た》えかねたように創が声を張り上げた。

「あーくそ！」

　観念した、とでも言うように創は頭をがりがりとかいた。

「やっぱ俺じゃあ誠也みたいにはいかねえな」

「な、な、なんでそこで牧君の名前が出てくるのよ！」

　顔を真っ赤にして慌てるが、創はそんな亜梨沙を見て不思議そうにしている。

「ん、なんでって、あいつ普段《ふだん》鈍感《どんかん》で素《す》っ頓狂《とんきょう》なことばっか言う癖《くせ》に、時々心読んでんのかよってくらい的確なこと言う時あるだろ」

「あ、ああ、そういうこと……」

　尻《しり》すぼみになって脱力《だつりょく》した亜梨沙を見て、創はしばし考える素振りをしていたが、何かに思い当たったのか表情を和《やわ》らげた。

「やっぱ朝比奈のことは誠也に任せるわ」

「な、なによそれ……」

「お似合いだってことだろ」

「だからそんなんじゃないったら……」

茶化すように言う創に、ぶつぶつと文句を言いながらも考える。

もし、誠也ならどんな言葉を掛けてくれるのだろうか、と。築いた壁を踏《ふ》み壊《こわ》していったかと思えば、心の輪郭《りんかく》をそっと撫でるように触《ふ》れてくる繊細《せんさい》さを併《あわ》せ持つ青年は、また亜梨沙がハッとするようなことを言うのだろうか。

「あいつはすげえよ。俺には真似《まね》できねえ」

創が浮かべる表情が何を表しているのか、亜梨沙には窺い知ることはできなかった。

◇◇◇

店内にこもった煙《けむり》はまるで霧《きり》のようで、社会からひた隠しにされるべき場所という意味では、ここの特徴《とくちょう》を表しているのかもしれない。ママはあれこれと暇《ひま》つぶしを試《ため》し果たした後、無造作な考察に耽《ふけ》っていた。煙は主にママが燻《くゆ》らせているタバコから発生している。薄暗《うすぐら》い照明も店外の陰気《いんき》な佇《たたず》まいも全てはママの商《あきな》いが後ろ暗いものである証左だ。

そこで、はてと考える。

――なぜ世間に顔向けできないものは、総じて暗く陰湿《いんしつ》なところに収まるのだろうか。

例えば、この店の看板をバカみたいに煌《きら》びやかにしてド派手にしてもいいいんじゃないだろうか。店内も今みたいな湿《しめ》っぽい感じではなく、雰囲気の出る薄暗さというか、もっと清潔な色の間接照明を上手く使ってしっかりと店を作るのだ。

色鮮《いろあざ》やかに膨《ふく》らむ妄想《もうそう》は、それを冷静に観察していたもう一人の自分が一笑《いっしょう》に付してモノトーンの現実に追いやられた。うちのような根幹から法を犯《おか》しているような店が目立ってどうするのだ、集客できたところで通報されるリスクが高まるだけだというのに、と。

大きく、長いため息を吐いた。部屋に漂《ただよ》っていた煙が乱され、かき混ぜられ、ため息は停滞《ていたい》する煙の中に埋没《まいぼつ》した。

テレビを観《み》ていると最近オネエ系と呼ばれるタレントをよく見るようになった。罵《ののし》られようが明るく切り返し、豊富な経験から鋭《するど》い意見を刺《さ》し込《こ》む。ママはその活躍《かつやく》ぶりを見るたびに、羨望《せんぼう》のような、後悔のようなものが込み上げることに気づいていた。

ママは自分がいわゆる普通《ふつう》の人間とは違うと自覚した頃《ころ》には、もう輪の中から弾《はじ》かれていた。片思いの相手に好かれようと必死に練習して渡《わた》した弁当も気持ち悪いと拒絶《きょぜつ》された。

――そんなことを繰り返しているうちに私は折れてしまったが、諦《あきら》めず強く踏ん張っていれば、私も同じようにいられたのだろうか。

選んでもいない可能性の話を考えても仕方のないことだ、とママは慣れた手つきで自分の妄想を切り捨てた。

今だって目標がないわけではない。

ママには、昔から自分の店を持つという夢があった。自分と同じような、表舞台《おもてぶたい》に立てない人間のために働く場所を提供したい。その夢は字面《じづら》だけ見れば叶《かな》った。現実は借金に追い詰められた人間が落とされるような、どん底のような所であったが。

「お疲《つか》れ様《さま》です」

「お疲れ様ですー。ママは今日もだるそうですね」

「ああ、お疲れ」

ベルの音とともに現れた誠也と結衣に目を向ける。挨拶《あいさつ》を返した自分の声は酒で焼けついていた。

この店で働く者はママを含《ふく》め誰もが厭世的《えんせいてき》でどこか投げやりな気配を漂わせている。しかしこの二人だけはそんな素振りを見せない。結衣は飄々《ひょうひょう》とそつなくこなし、誠也は生来の真面目《まじめ》さで客と向き合っている。ママは二人に敬意すら表していた。

だからこそママは考えてしまうのだ。

彼《かれ》らにも明るい道があるのではないのか。だとしたらこの店で働くことは二人にとっては将来のための下積みになるのか。それともどんな場所に飛ぼうとも引き戻《もど》すための枷《かせ》になってしまうのか、と。

「あんたは、ここに来たことを後悔してないかい？」

気づけば、灰皿のタバコを処理する誠也にそんなことを聞いていた。

口に出してからバカなことを聞いたとママは思った。誠也はここに来ることを強制されたのだ。後悔も何も、最初から彼に選択肢《せんたくし》などなかった。

取り消そうとするよりも早く誠也は口を開く。

「わかりません。ただ、ママと会えたのは良いことだと思います」

――ああ、本当にバカだったね。

長く、少し震《ふる》えた息を吐く。

誠也に尋《たず》ねたところで、自分を喜ばせるような言葉を言うとママにはわかりきっていた。

ずっとそうなるように育てられてしまったのだから、当たり前のことだった。

それでも、求められない限り誠也が嘘《うそ》を吐かないことも知っていた。

「変なことを聞いた。行っていいよ」

頭を下げて奥《おく》へと消えていく誠也を見送る。

どうにかしてやりたいと、ママは切に願う。なけなしの良心が声を上げて、呵責《かしやく》に歯を噛みしめて堪《た》える。震える手で懐《ふところ》の相棒に火を点《つ》けて縋《すが》る。

――どうにもならないのだ。

猛《たけ》る獣《けもの》に諦観《ていかん》の首輪をはめる。できることは何もないのだと、傍《そば》に寄り添《そ》い宥《なだ》めていた。

扉のベルが鳴る。

「よぉママ。景気はどうよ」

開いた扉の枠《わく》の大半を埋《う》めるような体格の、よれたワイシャツを着た巨漢《きょかん》がそこにいた。脂《あぶら》っぽい顔には、無精《ぶしょう》ひげが散らばっている。男が一歩歩くたび床《ゆか》が怯《おび》えるかのように震える。

相変わらず粘《ねば》っこくていやらしい声だ、とママは内心で唾《つば》を吐いた。

「用件は？」

問いには答えず、質問を返した。

「誠也ちゃん、今日来てるよな？」

男は脂で光る顔をニタリと歪《ゆが》めた。

「……いるよ」

苦々しげに答えるママを後目《しりめ》に男が糸でも引きそうな笑みを深めた。黄ばんだ歯がぬめぬめとわずかな光源を搦《から》め捕《と》って返す。

「今日はあいつ、泣かせられるかなぁ？」

「あんた、うちのルール忘れんじゃないよ」

「わかってるよママぁ。壊したりしないさ」

――本当にわかっているんだか。胡散臭《うさんくさ》げな目を隠しもせず男を見る。

やがて内線で呼び出した誠也が現れた。男は金の腕時計《うでどけい》をはめた腕《うで》を挙げた。

「よぉ誠也ちゃん。元気？」

「いらっしゃいませ、太一さん。元気です」

「じゃ、さっそくいこうかぁ」

誠也の肩に手を回し、太一と呼ばれた巨漢は奥へと歩き出す。

「誠也、この後も予約入ってるから頭に入れときな」

「わかりました」

つい先日も来ていた眼鏡をかけたＯＬを思《おも》い浮《う》かべる。

「他の客の話は感心しないなぁ」

言いながら太一は奥へ消えていくわずかな時間でも、体毛の濃《こ》い腕を忙《せわ》しなく動かして誠也の体を撫でていた。見境のないあの男は最近誠也がお気に入りらしい。

――反吐《へど》が出る。

どん底と言ったって、底があるだけまだマシだと思った。世の中には底なしの悪意があることを知っていた。

私にできることはない、と言い聞かせる。ママが積極的に動くということは客が増えるということとイコールだった。ここの客は総じてお世辞にも質がいいとは言えない。きっと潰《つぶ》れる者も出てくるだろう。かといって店を畳《たた》むこともできない。この店は、悪意の奈《な》落《らく》に落ちないための『底』だった。縋るように懐の相棒に火を灯す。

前にも後ろにも動けず、守るべきものを手の内に囲い、体を丸めて縮こめている。

——私にできることはない。

何度言い聞かせても諦めきれず、底の守り人はまだ足掻《あが》いている。

◇　◇　◇

「え？」

呼び出されたレストランで父親がしてきた提案の意味を、亜梨沙は上手《うま》く理解できなかった。聞き返された亜梨沙の父は、嫌な顔をすることもなく真摯に亜梨沙を見つめていた。

「私のところに来ないかと言ったんだ。しばらくまたアメリカから戻れそうにないから、亜梨沙が良ければなんだが」

前回亜梨沙と父が食事してからまだ日も浅い誘《さそ》いだったため、何かあるのだろうという予測は立てていた。しかし、それが渡米《とべい》の誘いだったなんて――亜梨沙は突然《とつぜん》現れた大きな岐路《きろ》に立ち竦《すく》んでいた。

「急な話で済まないね。本当は亜梨沙には私の故郷で――」

父親の紡《つむ》ぎ出す言葉が耳を素通《すどお》りしていく。糸で吊《つ》り下げた人形を動かすように亜梨沙はぎこちなくフォークとナイフで切り出した肉を口に運ぶ。

「今日すぐに返事を聞かせろとは言わない。家に帰ってじっくり考えてみてくれないか」

どんな返事をしたのか亜梨沙は覚えていない。気づけば父親と別れて、車に乗っていた。

父親からされた打診《だしん》が、ずっと頭の大部分を占《し》めている。

すっかり夜も遅くなっているが未だ車通りは多く、亜梨沙が乗る車も遅々《ちち》として進まない。昼間よりも鮮《あざ》やかになった景色を眺《なが》めながらぼうっと問を繰り返している。

誰かに相談してみようか、ふとそんな考えが亜梨沙の頭を過《よぎ》った。

以前までなら頭の片隅《かたすみ》にも出ないような選択肢に、亜梨沙は感慨深《かんがいぶか》いものを覚えていた。

一人ではないという事実を心強く感じた。

誰に聞こうか、と思案する。結衣は……はいまいち信用できない。悪い娘でないのは理解しているが未だ苦手意識が拭《ぬぐ》えなかった。頼《たよ》りになるのは創だろうか。見た目のせいで誤解されやすいが、同年代の中ではしっかり物事を考えていて信頼《しんらい》できる印象だった。

でも、相談したいのは――

無味乾燥《むみかんそう》な顔の青年が浮かび上がる。亜梨沙の顔が熱を持つのを感じた。

これは相当参ってるな、と自己分析《ぶんせき》する。高揚《こうよう》し始める気持ちは、しかし父の話を思い出して元のところまで落ちてきた。

誠也はこの話を聞いてどう反応するのだろうか、と亜梨沙は想像する。

惜《お》しんではくれるだろうか。

それともいつもの調子で「そうか」と頷くのだろうか。

きっと後者なのだろうと思う。でももし本当に悲しんでくれるなら――

そうやって誠也のことを考えていたからだろうか。


通りの一角。

他のところより仄暗《ほのぐら》い通りを寄り添って歩く一組の男女。

眼鏡をかけた見知らぬ女と歩いている誠也を見逃《みのが》さなかったのは。

「……なん、で」

女が親しげに組んだ腕を胸に寄せている。

誠也の表情は変わらないものの、しきりに口を動かしている。

見間違《みまちが》いだと思おうとした。

しかし亜梨沙に近い方、車道側を歩く誠也の顔は見間違いようがなかった。

車は遅々として進まない。誠也と女が歩いているのを見せつけるかのように。二人が見切れそうになると車は追随《ついずい》するように動き出す。

たっぷりとその様を見せつけられた後、恋する乙女のような表情の女と誠也が曲がり角に消えるのを、亜梨沙は目を逸らすこともできず呆然《ぼうぜん》と見送った。

第四章

――何かがおかしい。

本来なら安らぎの場である視聴覚室《しちょうかくしつ》。本格的に夏の気配が近づいてきているはずなのに異様に寒々しく感じる。針が敷き詰《し》め《つ》られたような緊張感《きんちょうかん》の中、創は原因を探《さぐ》っていた。

結衣も異変を感じ取っているのか、本を読みながら時折ちらちらと視線を走らせている。

創の視線の先には、誠也と亜梨沙がいる。誠也は窓の外を眺めているし、亜梨沙は参考書を開いて勉強をしている。一見いつも通りのように見えるが、何かが違《ちが》う。

「角南さん」

「ハイッ！」

亜梨沙に呼ばれた結衣が、ビクゥと電流でも走ったかのように反応する。

「何の本を読んでいるの？」

「えへ、ドストエフスキーの『罪と罰《ばつ》』です。えへへ」

「へえ、読書家なのね」

頭の悪そうな媚《こ》びた態度から名作のタイトルがぽろりと飛び出した。

亜梨沙がにこやかな表情で感嘆《かんたん》する。

嫌な空気を打破しようと創が声を張り上げた。

「おまえのキャラとは真逆のタイトルが出てきたな」

「な、なにおう？　知的美人な私にぴったりではないですか！」

「知的な奴《やつ》は拳を振《ふ》り回したりしねえよ！」

不自然に高いテンションで掛《か》け合い、ちらりと亜梨沙を見た。彼女《かのじょ》はニコニコと二人を見ながら小首を傾《かし》げた。

「何かしら？」

結衣の振り上げていた腕がへにょりと折れる。

「いえ、何でもないです」

数秒後にはまた何とも言えない沈黙が横たわっていた。

――創さん、なんかわからないけど変です！

結衣が目で訴《うった》えかけてくるが、創にも心当たりはない。小さく首を横に振った。

ぱたん、と亜梨沙が参考書を閉じて立ち上がる。

「それじゃあ私、バレエのレッスンがあるからそろそろ帰るわね」

「お、おぉ」

「お、お、お疲れ様です」

「そうか。頑張《がんば》れ」

「じゃあまたね」

一瞬、亜梨沙は誠也を一瞥《いちべつ》して出て行ってしまった。拭い切れない違和感《いわかん》を残したまま。

引き戸が閉まると同時、創と結衣は顔を見合わせた。

「言いたいことわかりますよね？」

「おう」

首を捻《ひね》っている二人を誠也が見比べる。

「どうした？」

「誠也はなんか感じなかったか？」

「何をだ？」

「何をって言われると困るんだけどよ……こう、いつもと違う感じというか」

創自身捉《とら》え切れていないのでどうしても抽象的《ちゅうしょうてき》な言葉ばかりチョイスしてしまう。

「そうだったかもしれない」

要領を得ない曖昧《あいまい》な表現で伝わるかどうか不安だったが、誠也も薄々《うすうす》感じていたらしい。

「なんか話しかけられたけど、壁を感じたんですよね」

結衣の言葉で創の胸にストンと落ちるものがあった。そういえば今日の亜梨沙の対応は教室でいつも見ているものだった。愛想《あいそ》は良いが踏み込ませない。人当たりは良いが一線を引くような対応。少なくとも最近ここで過ごしている間には見ていなかったものだ。

壁を作りたくなるようなことがあったのか。

創は誠也に水を向けた。

「そういえば今日朝比奈が時々お前の方見てたけど、なんか心当たりあるか？」

正確にいえばそれは今に始まったことではないのだが、改めて考えると今日のそれは意味合いが違う気がした。

「わからない」

「そうか」

どうやら喧嘩《けんか》をしたわけではないらしい。誠也のことだから自覚なく怒《おこ》らせたりしている可能性はあるが。

「……これは勘《かん》だがよ、誠也が関係してると思うんだよな」

「そうなのか？」

「まあ多分な。だから明日直接聞いてみろ」

仮に誠也が関係なくとも、亜梨沙の話を聞くなら彼が適任なのだろう。

亜梨沙は友人なのだから、創もどうにかしてやりたいという気持ちはある。しかし彼女が悩《なや》んでいるなら、それは創では解決できない。ここ最近で得た結論だった。

「わかった」

聞いて答えてくれるとも限らないが、こういう時は考えるよりも行動した方がいい。拙《せっ》速《そく》は巧遅《こうち》に勝る。相手からすれば聞くことでこちらが気にしているということが伝わるだけでも違うものなのだから。

——それに何だかざわざわと落ち着かない。

「なんか嫌《いや》な予感がするんだよな」

こういう時の創の勘は、大抵《たいてい》の場合当たるのだ。

◇　◇　◇

翌日の朝、亜梨沙は三人に悪いことをしてしまったなと気落ちしていた。

亜梨沙は車を降りて校門を潜《くぐ》りながら反省する。

昨日のバレエのレッスンもミスを繰り返して呆《あき》れられてしまった。表面を取り繕うのは慣れていると思っていたが過大評価だったようだ、と亜梨沙は自身の認識《にんしき》を改めた。

それに考えてみれば、誠也の告白を断ったのは他《ほか》でもない亜梨沙自身だった。それなのに誠也の恋愛《れんあい》に対して不満を持つなど、なんて勝手な話なのだろう。あまつさえ、動揺《どうよう》を態度に出して周りを困惑《こんわく》させるなんて、と亜梨沙は自己嫌悪《けんお》に溺《おぼ》れそうになる。一応、隠《かく》す努力はしていたつもりだった。できるだけにこやかに、角が立たないように。それでも創と結衣は何かを察したようで無理させてしまったようだったが。

申し訳ないと思うとともに、亜梨沙は自身の至らなさにも辟易《へきえき》とする。三人を自分の都合で振り回してしまった。

——嫌われてしまっただろうか。

邪険《じゃけん》に扱《あつか》われるかもしれない恐怖《きょうふ》と居心地《いごこち》のよかった空間への喪失《そうしつ》感が亜梨沙を苛《さいな》むが、諦観混じりの理屈《りくつ》で無理やり押《お》し流《なが》す。

元々仲良し三人組にお邪魔《じゃま》した形だったのだから、元の関係に戻るだけだ。本来ならテストが終わった段階で解消されるはずの関係だったのだから。

誠也の誘いに乗らなければ始まりもしなかった、袖《そで》を振り合うような些細《ささい》な縁《えん》だったのだ。誰ともなく言い訳を重ねる。

仲睦《むつ》まじく腕を組んで歩く女と誠也。

女が誠也を見つめる目は熱に浮かされていて――


誠也、という言葉をキーにあの夜の光景が蘇った。

胸に刺すような痛みが走り、亜梨沙は手で押さえる。

――あの女性とはどういう関係なのだろう。社会人に見えたけど。

考察し出す頭をブンブンと振ってかき消す。あれからずっと同じことを繰り返していた。

あの女性の表情を鑑《かんが》みるにただの友人とか家族ではないことは確かだ。

――私がとやかく言うことではない。だって私は牧君の告白を断ったのだから。

そしていつもそう結論付けて完結させていた。

悶々《もんもん》と考えながら玄関《げんかん》を潜り、下駄箱を開ける。

一枚の折られたルーズリーフが入っていた。

心臓が跳《は》ね上がる。

震える手でそれを取る。

『放課後、屋上に来て』

一言だけ書かれたその乱れた字に見覚えはない。落胆《らくたん》する自分に気がついて自嘲《じちょう》する。

「朝比奈さん、おはよう」

「ひゃい⁉」

背後から掛けられた声に小さく飛び上がる。

振り向けば誠也がいつもの鉄仮面で立っていた。咄嗟《とっさ》に持っていた紙を後ろ手に隠す。

「お、おはよぅ」

「また呼び出しか？」

どうやら気づかれていたらしい。

「……うん」

目を合わせられずに視線を落とした。

「そうか。頑張れ」

前は理解してくれたと喜んでいた言葉も、今となっては沈《しず》み込む要因にしかならない。

嫉妬《しっと》の色を誠也の顔に探している自分に気づき、亜梨沙はままならぬ自身に辟易とした。

「昨日のことだが」

ピクリと震える。

恐《おそ》る恐る誠也の顔を見上げた。

「俺《おれ》は何か悪いことをしただろうか」

「……え？」

亜梨沙の思考が止まった。

「創から俺が何かしたのではないかと言われた。そうなのか？」

嫌《きら》われていなかったという少しの安堵《あんど》と、罪悪感が亜梨沙を満たした。

「あ、違うの。あの時は……そう、ちょっと、体調が悪くて……」

本当のことを言うこともできず、しどろもどろになりながら説明する。

「そうか。大丈夫《だいじょうぶ》なのか？」

「ん……ええ、大丈夫よ」

誠也に心配の声を掛けられるだけでじんわりと胸が温かくなる。誠也に関《かか》わると些細なことで感情が振れる。

このままではいけないとどこか頭の片隅で警鐘《けいしょう》が鳴っていた。

「さぁ教室へ行きましょう」

内心の混乱を振り切り、靴《くつ》を履《は》き替《か》えて歩き出す。誠也がついてきているのを感じていたが、声をかけられることはなかった。誠也の無口な性格をこの時ばかりはありがたいと思った。

教室の戸を開く。

一瞬、中のクラスメイトの視線が集まった。亜梨沙へ、そして誠也へ。視線が各々《おのおの》話していた相手へと戻り、会話を再開する。戸を開ける前に聞こえていた時よりも声量を絞《しぼ》って。

問題集をカバンから取り出して、前回の続きに手をつける。周囲の会話が意識から遠のいていく。こういう時の問題集はありがたい。

噂話《うわさばなし》の的にされるのはいつものことだ。割り切って亜梨沙は席に着く。

「おはよう」

時折引っかかりながら黙々《もくもく》と問題を解いていた顔を上げる。

「手塚君、おはよう」

「昨日は体調が悪かったんだってな。悪かったな気づけなくて」

「それは、別に……」

罪悪感がチクリと胸を刺して言葉は空間に溶《と》けていく。創はそんな亜梨沙をしばし見つめていたが、「まあまた来いよ」とだけ言い残して席に戻っていった。

創はいい人なのだと亜梨沙は思う。外見に惑《まど》わされがちだが、彼こそ優しい人間だと周知されるべきなのだろう。

集中が切れたせいか、周囲のひそひそとした声が断片的《だんぺんてき》に耳に入る。今の亜梨沙と創の会話に思うところがあるらしい。

最近本当に増えたと思う。全員がそうだとは言わないが、噂話が好きな生徒はひっきりなしに亜梨沙達《たち》の話をしているようだった。

元々亜梨沙、誠也、創の三人は良くも悪くも目立つので、標的にされやすい傾向《けいこう》があった。

その三人が絡《から》み出したのだから、ある意味こうなることは当然の成り行きと言えるのだが、それを納得《なっとく》して受け入れられるかはまた別の問題だ。

二人はどうしてあんなにも堂々としていられるのだろうか。その強さを亜梨沙は羨《うらや》ましいと思った。

後ろめたいことなどしていないのだから、ビクビクする必要はない。亜梨沙自身もそう思う。だが現実問題、とてもではないがそう簡単に割り切ることはできない。集団から外れて後ろ指を指されること自体が、すでに後ろめたいことなのだと亜梨沙は思う。弱い者にとって孤立《こりつ》はこれ以上ない弱みなのだ。

そこへ行くと、誠也と創はきっと強い人間だ。誠也はそもそも気にしないか、もしくは素直《すなお》に受け入れて反省する強さがあるし、創も苛立《いらだ》ちこそすれ傷つくことはないだろう。

もう一人の少女、結衣だってそうだ。憶測《おくそく》に過ぎないが、彼女は集団から外れてもそれを個性として認めさせるだけの要領の良さをきっと持っている。

それは亜梨沙にはないものだった。

批判を受け入れる懐の広さも、批判されても傷つかないタフさも、批判させない器用さも、何もない。恵《めぐ》まれた家庭環境《かんきょう》と日本人離《ばな》れした容姿が特別に見せているだけで、亜梨沙には何も自身に誇《ほこ》れるものがない。少なくとも彼女自身はそう思っていた。


誠也と仲睦まじく歩く大人の女性。

——私がもっと魅力的《みりょくてき》だったら、何か変わった……？


パンと自分の頬《ほお》を両手で叩《たた》く。周囲の視線が集まったのにも気づかず気合を入れ直す。

どちらにせよもう終わりなのだから、いい加減割り切らなければならない。

誠也の告白を断ったのは他でもない亜梨沙本人だし、そもそもそれも、その後のアプローチだってちょっとした悪戯《いたずら》だったのだ。誠也は少し常識に疎《うと》いところがあるから加減がわからなかったのだろう。ただそれを自分が鵜《う》呑みにしてしまっただけだ。

乱暴にまた思考を締《し》めくくる。

「どうかしたのか？」

締めくくった矢先、当の本人から声がかかった。

「ど、どうもしてないわ。どうして？」

誠也に向き直り、少し言葉に詰まりながら答える。後ろを見れば創も訝《いぶか》しげにこちらを見ていた。

「自分の顔を叩いていた」

見られていたのか、と叩いたのとは別の理由で亜梨沙の頬が赤らむ。実際はクラス中が見ていたのだが、亜梨沙がそれに気づいていないのは幸いなのだろう。

「大丈夫よ。ちょっと眠《ねむ》たかったからやっただけで」

苦しい言い訳だが、素直な誠也は納得して戻っていった。創に何事か説明している。

突然の奇行《きこう》を心配してくれたらしい。恥《は》ずかしさとともに嬉しさがじんわりと滲《にじ》むが、今までのようにそれを素直に受け入れることはできなかった。

亜梨沙は、もう感情の置き場所がわからなくなっていた。

悶々としながら一日を過ごす。

授業の合間も誠也は声を掛けてきた。体調が悪いという言葉を真に受けて気を回しているのか、それとも何か思惑《おもわく》があるのか亜梨沙にはわからない。努めて冷静かつにこやかに対応しながら顔色を窺《うかが》ったが、石膏《せっこう》のような表情からは相変わらず読み取れるものはない。

そういえば今日、屋上に呼び出されていたのだった、と授業の合間にふと思い出す。

まるで子供にお使いでも頼《たの》むような置手紙だったが、別に初めてのことではない。

ああいうタイプは告白とかそういう色事に手慣れている傾向がある。釣《つ》り針《ばり》を大量に垂らして引っかかったものを拾うのだ。あまり相手の心情を考慮《こうりょ》しない、端的《たんてき》に言うなら自信家で自分勝手なタイプ。だから告白一つに時間を割《さ》こうとはしないし、どういう印象を持たれるかも考えない。亜梨沙はこれまでの経験を元に予測を立てた。

重たい息を吐《つ》いた。

自信家の男は告白を断った時に暴言を吐いてくる確率が高い。普段《ふだん》ならともかく今はそれを受け止められる程《ほど》の余裕《よゆう》がない。

どうにか穏便《おんびん》にことを運ぶ方法はないだろうか。あれこれと模索《もさく》するが、結局放課後になってもろくな案は出てこなかった。浮かない顔をしていたせいか、誠也がやたらと話しかけてきたのも、思考を乱される要因だった。

「今日はあっち行くのか？」

創が気遣《きづか》わし気《げ》に話しかけてくる。

「ごめんなさい。今日は用事があるから」

できるだけいつも通りに見えるよう、意識して口角を上げる。

「そうか。まあいつでも来いよ」

教室を去っていく創の背中を見つめる。

――気を遣《つか》われるのは、好きじゃないんだけどな。

そう思いながら、自分が気を遣わせるような態度を取っていることもわかっていた。いや、わかっているからこそ、自分が未熟であることを突《つ》き付けられているような気分になる。

深呼吸をして肺の空気を入れ替える。陰鬱《いんうつ》とした胸中に新鮮《しんせん》な空気が入る様を想像する。

よし、と小さく声に出し、亜梨沙は屋上へと足を向けた。

重い鉄扉《てつぴ》を開いた先にはまだ誰《だれ》も来ていなかった。扉から真っすぐ歩いた先のフェンスに背を預けた。

「よっす」

呼び出した男子が現れたのは三十分後だった。ゴテゴテと装飾《そうしょく》を巻いた手の人差し指と中指で、緩《ゆる》い敬礼のような仕草をしながら入ってくる。茶色く染めた長い前髪《まえがみ》を鬱陶《うっとう》しそうに直しながら、亜梨沙に笑《え》みを見せている。腰《こし》までだらしなく下げたズボンには銀色のチェーンが垂れていて、腰に巻かれたベルトにも刺々《とげとげ》しく鉄の装飾がされている。

「こんにちは」

「悪いね、待たせちゃった?」

「いいえ大丈夫よ」

笑いながら謝《あやま》ってくるのを、こちらもにこやかな笑みを浮かべて対応する。

「いやぁ今日あちかったね～。溶けっかと思ったわ」

「そうね」

「体育とかもう地獄《じごく》だもんね。テキトーにやって途中《とちゅう》からハケたわ」

まだ名前すら聞いてない目の前の男子は延々と雑談を広げている。名前を聞かされても困るけど、と亜梨沙は髪《かみ》を梳《す》いた。

「汗《あせ》かきたくねえし、大体こんなクソあちぃのに――」

「ねえ、私を呼び出した用件は何かしら?」

一人で喋《しゃべ》り続ける男子の話を遮《さえぎ》るように疑問を投げる。小さく舌打ちすると、男子は前髪を弄《いじ》りながら再度口を開いた。

「朝比奈さん俺と付き合ってくんね?」

「ごめんなさい。私、あなたとは付き合えないわ」

間を置かず、亜梨沙は返事をした。

「そんなこと言わないでさぁ。俺と一緒《いっしょ》だと楽しいよ? 他の子にもよく言われるし。今まで付き合った人で一番面白《おもしろ》いってさ。だから――」

「ごめんなさい。私今誰かと付き合うとか考えられないの」

また長くなりそうになった話を、再度遮る。男子は不愉快《ふゆかい》そうに眉《まゆ》をピクリと動かした。

「じゃあまあその気になるまで付き合えとか言わないから、今度遊びにでも行こうよ。俺いろいろ知ってんよ？　穴場のスポットとか、ちょっと大人のバーとか。興味あるっしよ？」

きっぱりと断れば引くと思ったのだが、亜梨沙の予想よりも男子生徒はしつこかった。

「私今ちょっと時間に余裕ないから、遠慮《えんりょ》しておくわ」

「あぁ？」

男子の張り付けていた笑みが剥《は》がれた。

「いやおまえ、手塚創とか牧誠也と放課後遊んでんじゃん」

ドキリとした。内心を表面に出さないよう言葉を返す。

「遊んでるんじゃなくて一緒に勉強してるの。残念だけど、あなたが想像しているようなことはないわ」

男子が不愉快そうに鼻を鳴らした。

「ハッ、あの不良が勉強とかしてるわけねーだろ」

どの口が不良だのと言うのか。亜梨沙は思ったが、代わりに別の言葉を口に出す。

「あら、手塚君は結構勉強できるし、牧君も真面目に頑張ってるわよ。あなたはどうなの？」

一応ここが進学校であるからには、目の前の青年もある程度はできるのだろうが、進学校であるからこそ、ある程度できるだけでは通用しない。男子の顔が苦々しげに歪んだところを見ると、案の定痛いところを突いたようだった。

挑発《ちょうはつ》したことを一瞬《いっしゅん》後悔するが、ふつふつと湧《わ》き上がる感情がそれを押し流す。

「うっせえな！　関係ねえだろ」

「そうね、その通り。だから私がどこで誰と関わってようがあなたには関係ない」

今度は亜梨沙にも聞こえるように舌打ちする。

「うぜえな雑魚《ざこ》が。顔がいいからって調子に乗ってんじゃねえよ性格ブス。金持ちだからってお高くとまりやがって。そうやって他の奴ら見下してんだろ」

「別に見下してなんて――」

「上っ面《つら》ばっか取り繕《つくろ》って中身ブスとかマジ最悪だわ。みんな噂《うわさ》してんぞ。どうせあの不良ともヤリまくってんだろクソビッチ」

「なっ……」

「ちょっと優《やさ》しくしてやっただけで調子に乗んなよビッチ。おい聞いてんのかヤリマン」

唾を飛ばしながら迫《せま》ってくる男子に本能的な恐怖を感じて後ずさり、走り出す。腕を掴《つか》もうとしてきたが、予《あらかじ》め一定の距離《きょり》を空けていたのが功を奏した。開いた鉄扉の隙間《すきま》を抜《ぬ》けて階段を一気に駆《か》け下りる。

心臓がろっ骨を痛いくらいに叩いている。

ここまで直接的な悪意を受けたのは初めてだった。暴言が頭を叩き続けてクラクラする。

——みんな噂してんぞ。

目頭《めがしら》がじんわりと熱くなってきて視界が潤《うる》む。

裏で何か言われていることは知っている。大体内容も予想していたはずなのに、いざ聞いてしまうとそれは重しのように亜梨沙の胸に圧し掛かる。

挨拶《あいさつ》をしたら気持ちよく返してくれるクラスメイトも、にこやかに話しかけてきた子も、本当はみんな裏ではあんなことを言っていたのだろうか。

何もわからなかった。

わからないものは怖《こわ》い。

ぼやけた視界で段数を見誤ったのか最後の段を踏《ふ》み外《はず》して転倒《てんとう》する。咄嗟に急いで立ち上がり周囲の目を確認《かくにん》して、こんな時でも人の目を気にする自分に嫌気《いやけ》が差した。

——こんなだから上っ面だけだとか言われるのかな。

「朝比奈さん?」

廊下《ろうか》の曲がり角で誠也と鉢合《はちあ》わせた。咄嗟に目元を拭った。

「もう終わったのか?」

「ええ」

誠也が探るように自分の顔に視線を移したのを感じて亜梨沙は顔を伏《ふ》せた。

「……何かあったのか?」

「なんでもないの。気にしないで」

「そうか」

「ええ」

努めて明るく振る舞《ま》い、先を歩く。誠也は納得したのかそれ以上口を開くこともなく、亜梨沙とは反対方向へ歩いて行った。

心配してくれていたのだろうか。水底のように冷たく淀《よど》んでいた胸が温かくなる。しかし、夜に誠也を見かけた時の光景を思い出し、すぐに熱は冷めた。

——今日はもう誰とも会いたくない。

何事もなければ視聴覚室にでも顔を出そうかと思っていたが、どちらにせよこんなぐちゃぐちゃになった顔を出すことはできない。

そこまで考えて、ふと足を止めた。

そういえば、視聴覚室は今亜梨沙が向かっている方向ではないだろうか。誠也はどこに向かったのだろう。少し逡巡《しゅんじゅん》した後、胸を騒《さわ》がせる予感に従って亜梨沙は踵《きびす》を返す。

つい先ほど往復した屋上への薄暗《うすぐら》い階段を、足音を殺して上《のぼ》る。半開きになった扉の向こうから声が聞こえて、亜梨沙は足を止めた。

先ほどの男子と誠也の声が少しこもって亜梨沙の耳に届く。

「――奈さんが泣いていた」

「ああ？　知らねえよあんな性格ブス」

「朝比奈さんが嫌いなのか？」

「ついさっき嫌いになった。ちょっと金持ちで顔がいいってだけでいい気になりやがって」

――私は別に――

「朝比奈さんはいい気になってない」

「何も考えなくても勝手に親の会社引《ひ》き継《つ》げんだろ？　人生楽だろうな。親が敷いたレールを行きゃあいいんだからよ」

俯《うつむ》く。扉の影《かげ》に立つ視界の中の亜梨沙の足は暗闇《くらやみ》に染まり、輪郭《りんかく》が曖昧になっていた。

どこかで感じていた後ろめたさ。それを鷲掴《わしづか》みにされた気がした。

——私はきっと恵まれた環境で育った。

亜梨沙自身、その自覚はあった。そのことに罪悪感を持つようになっていた。

しかし罪悪感を持つこと自体が、人を見下している証明なのではないか。

人より恵まれているのなら、辛《つら》いと思うこと自体筋違《すじちが》いなのではないか。

いつからか、そんな疑問がいつも亜梨沙の腹の底に巣くうようになった。

その通りだと、扉の向こうの男子にぶつけられた気がした。

——人より恵まれているのだから、人より努力して当たり前だ。弱音を吐く資格などない。

一切配慮《いっさいはいりょ》のない男子の言葉は、だからこそ雄弁《ゆうべん》に語っていた。

重く、踵を返そうとした亜梨沙の耳に、誠也の機械的な声が届く。

「レールの上を進むのは悪いことなのか？」

足が止まる。

「は？」

「習い事をたくさんしてる。頑張ってる」

「それが？」

「朝比奈さんはいつもテストでいい成績だ」

「頭が良くて羨ましい限りだな」

「学校が終わったらすぐに帰って勉強をしていると言っていた。頑張ってる」

「……」

「朝比奈さんはポテトチップスも食べたことなかった」

「……庶民《しょみん》の食べ物なんか口に合わねえんだろ」

「コンソメが一番うまい」

「……は？」

——何言ってるの……？

扉の向こうの男子と、この瞬間《しゅんかん》だけは心が一つになった気がした。

「そう言って食べさせたら気に入ってくれた」

「さっきからうぜえな。何が言いてえんだよ！」

激昂《げきこう》する男子に対して、誠也は日常会話をするかのように言った。

「朝比奈さんはレールの上を外れないよう必死に進んでる。余所見《よそみ》もできず、寄り道もできず、レールの先だけを見ている」

害意も悪意もなく、無垢《むく》な子供のように尋《たず》ねる。

「おまえにそれができるのか？」

我知らず亜梨沙は壁《かべ》に体重を預け、ずるずると座《すわ》り込《こ》んだ。

しん、と静まり返る中、誠也の声だけが開いた扉の隙間を通して亜梨沙に届く。

「きっと、俺は朝比奈さんの邪魔をしてる。レールの上を必死に進もうとしている朝比奈さんに余所見をさせて寄り道もさせてる。俺みたいな問題児が関わるのは朝比奈さんにとって良くないことだ」

それはいつか、亜梨沙が誠也に言った言葉だった。

「でも朝比奈さんは嬉《うれ》しそうにありがとうと言ってくれる。俺はずっと考えている」

誠也は自分の思考に沈み込んでいくように独白する。

「朝比奈さんはなぜ俺に礼を言うんだ？」

息継《いきつ》ぎするように誠也は問う。

「何おまえキモイんだけど。んなもん知らねえよ！」

男子が言い捨てて足を踏み鳴らす音が近づいて来る。

このままだと鉢合わせるな、と思いながら動く気にはなれなかった。内に渦巻《うずま》く感情に振り回されてそれどころではなかった。

やがて、鉄扉の隙間を抜けて男子が現れる。目が合うと苦々しげな表情を浮《う》かべて、何を言うでもなく走り去っていった。

小さくなっていく後ろ姿を見送り、ぼうっと導かれるように扉を潜る。狭《せま》く薄暗い室内から抜け出すと、空が広がり視界は一気に広くなった。

「いたのか」

誠也は振り向き、ぽつりと呟《つぶや》いた。

「わかってもらえなかった」

寂《さび》しげに聞こえるそれが耳に届いたと同時、その姿目がけて歩いていた。歩き、早足になり、駆ける。訳もわからないまま縋《すが》りつくように抱《だ》きしめていた。

喉《のど》が熱い。誠也の胸に押し付けた顔が目元から湿《しめ》っていく。小さくしゃくり上げる。嬉しいのか悲しいのか。何で泣いているのかも理解できない。ただただ内側から溢《あふ》れてくる。

背中を抱く腕《うで》に気づいてそれはさらに勢いを増した。顔を上げる。

――このままではいられない。言ってしまいたい。

――このままでいい。言ってはいけない。

相反する思いがぐるぐると脳内を回る。

その一つをつかみ取り、使命感にも似た思いに突き動かされて亜梨沙は顔を上げる。

視線の先には潤んで輪郭の歪《ゆが》んだ顔がある。こんなに近くで見るのは初めてだ。胸が締《し》め付けられる。

震《ふる》える唇《くちびる》で押し出されるように口を開き――

「ねえ、何が目的なの？」

言ってしまった。

築いてきた何かが崩《くず》れる音を亜梨沙は聞いた気がした。

「あなたはいつも私を喜ばせてくれるわ」

頬を流れる涙《なみだ》もそのままに、そっと囁《ささや》きかける。

「いつだったか、私が自分に否定を重ねた時」

周囲が言うような優しい人間ではないと吐露《とろ》した。亜梨沙が誠也を意識するきっかけになった出来事。

「私は自分を否定しながら、どこかでそれを覆《くつがえ》して欲《ほ》しがっていた。あの時の私は自分でそのことに気づいてなかったけど、あなたはわかってたのね。だから私の望む言葉を与《あた》えた」

「ああ」

「優しい人と思われたいだけなら想像力と積極性があればいいって言葉、あれあなた自身のことね」

「ああ」

違和感があった。あの時の誠也は、らしくなくスムーズな話し方だったから。それは、元々自分の中にある言葉を口にしたからこその流暢《りゅうちょう》さだったのだ。

「いつもそうだった。あなたは私がそう言って欲しいと思っていることを言葉にする。まるで公式に当てはめるみたいに」

「ああ」

こんな時まで正直なのね、と亜梨沙は唇を噛《か》みしめた。

誠也に回していた腕を引き剥がして胸板《むないた》に当て、そっと押し出す。二人とも後ずさると思ったが、数歩下がったのは亜梨沙だけだった。

「……そんなの、嬉しくないよ」

――嘘《うそ》。本当はすごく嬉しかった。

「誰も喜ばないよ」

――初めて理解してもらえたと思った。救われた気がした。

「口先だけの人を好きになるわけないよ」

――初めて人を好きになった。毎日が夢みたいだった。

何度目になるのか、誠也と大人の女性が腕を組む姿がフラッシュバックする。

――あの時の牧君に笑みでも浮かんでいたら、私は素直に彼《かれ》を恨《うら》めただろうか。

「あなたが何かの欲に従って動いていることも気づいてたわ。何を求めているのかまでは

わからなかったけど」

わからないことは怖い。

いっそのこと、それが他の男子のように性欲や名声欲だったなら安心できたのだろうか、

と亜梨沙は一瞬《いっしゅん》考えてすぐにかき消した。そうだったらそもそも続いてなかっただろう。

「俺は……」

誠也が珍《めずら》しく言い淀む。

「……俺は、朝比奈さんの弁当が食べたい」

そう返ってくることは、何となく予想していた。

「ねえどうしてそんなに私のお弁当にこだわるの？」

今さらそれがからかうための方便だとは思わない。今言い淀んだのも、それを言うたび

亜梨沙が嫌がっていたのを見てきたからだろう。そのくらいには誠也のことを理解してい

る。

そのくらいしか、誠也のことを理解できない。

——なのに彼は見透《みす》かしたように私の欲《ほっ》する言葉を与えてくれる。訳も分からず私はどんどん彼に惹《ひ》かれていく。

ただただ亜梨沙は恐れていた。戻《もど》れないところにまで引きずり込まれる気がした。

「わからない」

教えたくないのか、本当にわからないのか。それすらも読めない。亜梨沙の中で理解できるようになったと思っていた誠也が幻《まぼろし》のように消えていく。

「そう」

——だから終わりにしなければならない。

「あのね」

小さく息を吸う。躊躇《ちゅうちょ》はしない。今勢いに任せて言わないといけない気がした。

「私アメリカに引っ越《こ》すの。父が、一緒に暮らそうって言ってくれたから」

「そう、なのか」

無味無臭《むみむしゅう》な表情と言葉に名残惜《なごりお》しむ気持ちを探《さぐ》ってしまうが、亜梨沙には読み取れなかった。少し胸が疼《うず》く。

「だから、もうすぐお別れ」

「残念だ」

きゅっと唇を引き締める。

——ねえ、本当にそう思ってくれてる？　言葉通りに感じてくれている？

問い詰《つ》めたくなるのをぐっと堪《こら》える。今さら聞いたところで何になるというのか。ましてや亜梨沙がそう聞いたところで、誠也の返事はわかり切っているのだから。

「私をかばってくれてありがとう。嬉しかった」

それだけ告げて亜梨沙は屋上から出て行った。

残ったのは誠也と、滴《したた》り弾《はじ》けた感情の残滓《ざんし》だけだった。

◇　◇　◇

亜梨沙の転校が朝のホームルームで発表されてから、彼女《かのじょ》は視聴覚室《しちょうかく》に来なくなった。

創が教室で話しかけようとしても袖にされてしまう。

それに伴《ともな》って会話もなくなり、唯一《ゆいいつ》のやり取りといえば朝の挨拶《あいさつ》程度になってしまった。

それに創の中で気になることがもう一つ。

「なあおまえら何があったんだ？」

視聴覚室で椅子《いす》を前後逆にして座り、組んだ両腕《りょううで》を背もたれに乗せながら創は尋ねた。

結衣も本を置いて誠也の方を見ている。

誠也と話す時は恋《こい》する乙女《おとめ》丸出しだった亜梨沙の態度が、他《ほか》のクラスメイトと接するそれと同じになっている。少し前に聞いた時は体調不良だったからと言っていたが、さすがにそれを素直に信じる段階でもなくなっていた。

「わからない」

「そうか」

前にも同じようなやり取りをしたな。創は頭の片隅《かたすみ》で思った。

「わからない、と。そう言われた」

「何？」

「朝比奈さんの弁当を食べたいという俺の意図がわからない、と」

「……」

「朝比奈さんはきっと傷ついていた。俺が傷つけた」

他人の罪を懺悔《ざんげ》するような淡々《たんたん》とした口調で語る。苦しんでいると伝わらないことはきっと不幸なことだ、と創は誠也を見て思った。

「でも何が悪いのかわからない。謝れない」

食べたいから食べたいと言った。それの何が悪いのかわからない。誠也は言う。

誠也は求められでもしなければ『とりあえず謝る』ことを良しとしない。それは彼の誠実さであり、要領の悪さでもあった。それが亜梨沙にも伝わっていれば、と思わずにはいられない。だから代わりにと、いつも創は自分の精一杯《せいいっぱい》を以《もっ》て汲《く》みとろうとするのだ。

スマホが鳴って誠也が離席《りせき》するのを見送り、創は思案に耽《ふけ》る。

弁当が食べたい。

字面《じづら》だけならこの上なくシンプルでわかりやすい話だ。だが、誠也が食べたいと言っている亜梨沙の弁当は、聞いた限りではとてもではないが食欲をそそるような物ではないらしい。それが話をややこしくしている。

そもそも誠也はそんな物をなぜ――？

眉間《みけん》に皺《しわ》を寄せながら首を捻《ひね》っている創を、結衣がじっと見ていた。

「おい、おまえも知恵《ちえ》貸せよ」

ともすれば、幼馴染《おさななじみ》の自分よりも誠也を理解している結衣なら何かわかるのでは。期待半分に声を掛《か》ける。

「お断りします」

予想外の回答に創は目を見開いた。

「おい、おまえの大好きな先輩《せんぱい》が困ってるんだぞ？」

「メリットがありません。ここで私の考えを話して先輩に好かれるわけでもないですし」

きっぱりとした口調で答える。

「おまえこんな時に何――」

「それともう一つ。この件は先輩が自分で気づくことに意味があると思うので、私は何も教えません。創さんが考えて教える分には何も言う気はないですけど、少なくとも私からは」

「……」

「言っておきますけど本気ですよ？　今言った理由両方とも。私の都合もあるけど、先輩のためでもあるんです」

結衣の眠たげな日の奥《おく》にはいつにない頑《かたく》なさが見えていた。結衣が何を考えているのか、創には理解できない。誠也と違《ちが》い意図して煙《けむ》に巻いている分、余計にわかりづらい。

はっきりしていることは、今回は結衣の知恵を拝借するのが無理であるということだ。

「そーかよ」

説得を諦《あきら》めて肩《かた》をすくめる。

突然《とつぜん》、引き戸が大きな音を立てた。何事かと視線を向ければ、離席していた誠也が立っていた。

「創」

呼びかける誠也の顔から血の気が引いている。

「母さんが――」


病室に駆け付けると、誠也の母を囲むように医者と数人の看護師が立っていた。できる限りの処置はした。

医者が淡々と説明している。後は本人次第《しだい》らしい。誠也はその間座るでもなく、母の手を握《にぎ》るでもなくただ昏々《こんこん》と眠るその顔を見つめていた。

肌《はだ》と同じく黄色に濁《にご》った瞳《ひとみ》が今は閉じられている。やせ細って骨格が浮き出ている顔を酸素マスクが覆《おお》っている。

艶《つや》のない金髪《きんぱつ》はもう半分ほどが黒と白に戻っている。

「お母さんの手を握ってあげてください」

所在なく立っている誠也を気遣ったのか、医師が声を掛ける。

「母に触《さわ》るなと言われているので」

皮肉でも悲哀《ひあい》でもなく、従順な犬のような律儀《りちぎ》さで答える。医師は戸惑《とまど》ったように、何かあればナースコールを押《お》すように伝えて、看護師とともに出て行った。

扉の外で、廊下を歩く足音や話し声が遠く聞こえている。

等間隔《とうかんかく》で鳴る心電計と酸素吸入器だけが、辛《かろ》うじて部屋の時が止まっていないことを主張している。

いつもの癇癪《かんしゃく》が嘘のような静粛《せいしゅく》さで眠り続ける誠也の母親。

誠也は変わらず最初に立ち止まった位置で母親を見つめている。

創は壁に背を預け二人を視界に収めながら、暴れ出したくなる自分の衝動《しょうどう》を抑《おさ》えていた。

それが悲しみなのか怒《いか》りなのか創自身にも理解できない。

納得いかない。

漠然《ばくぜん》とその思いだけが、胸をざわつかせている。

奇跡《きせき》でも起これば――

「おま……ら、か」

機械の音に紛《まぎ》れて、掠《かす》れた声が僅《わず》かに聞こえた。

創の心臓が大きく鼓動《こどう》を打って、眠りについていたはずのその人に目を向ける。

目ヤニだらけになったそれが僅かに開いていた。黄色く濁った瞳がゆっくりと動く。

「かあ、さん？」

誠也が呆然《ぼうぜん》と声を漏《も》らす。創もベッド脇《わき》に駆け寄る。誠也の母は声に反応するようにゆっくりと誠也を見た。

「だ、れか、が……」

緩慢《かんまん》に右手と口を動かしている。

「何を、言いたいのですか？」

「しあ……せに、なる……ら……」

「……」

思わずといった風に誠也はベッド横に跪《ひざまず》き、ゆらゆらと動かしていた母の手を握った。

半分うわ言のように呟いている。

「だれか、が……がまん、し……きゃ、なら……」

消えゆく命を燃やして。

眉間に皺を寄せ、死にゆく体に鞭打《むちう》って、誠也の母は上体を捻るように顔を寄せた。

「おまえが、我慢《がまん》しろ」

その一言が、耳にへばりついた。

濁った目には溢れるほどの悪意が満ちている。

それっきりまぶたを閉じ、誠也の手から彼女の手が離《はな》れた。

途切《とぎ》れなくなった電子音が鼓膜《こまく》を揺《ゆ》らす。

誠也と創は動くこともできずに取り残されていた。

葬式《そうしき》の時も火葬《かそう》の時も、誠也と創は一粒《つぶ》の涙も流さなかった。

もっと昔の思い出がいろいろ蘇《よみがえ》って自然と込み上げてくるのかとも思っていたが、もうすでに創自身も自覚しないところで彼女のことを見限っていたのかもしれない。そう考えると少し寂しく思った。

全《すべ》て終わり夜も更《ふ》けた公園のベンチで、一人腰かけながら創は誠也のことを思い返した。

誠也も表向きは淡々とこなしていたが、内心はわからない。ただ時折、棺《ひつぎ》の中で眠る母の顔を見つめていたのを見かけた。

最期《さいご》にあれだけ言われても、創のように見限ることはなかったらしい。

——血のつながった親子とは、そういうものなのだろうか。

創は星を見上げる。

死んだ人間は星になるというが、それならどこかに新しい星が増えていたりするのだろうか。柄《がら》にもないことを考えて頭をかく。

——そういや、髪の色どうすっかな。

誠也の母に合わせて変えた金髪だが、もういいのかもしれない。学校で面倒《めんどう》な輩《やから》に絡《から》まれるのもいい加減ウンザリしていたのだし。

思い出すのは、幼いなりに苦労して髪を染めたのを誠也の母に見せた時の記憶《きおく》。あの時の誠也と創は、誠也の母の豹変《ひょうへん》っぷりに戸惑い、途方《とほう》に暮れていた。昔のように話を聞いてもらえず、何をしても怒《おこ》られて、叩《たた》かれる。

そんな中、考え出した苦肉の策が彼女と同じ髪色に染めることだった。それはもしかしたら彼女のためですらなかったのかもしれない。俺《おれ》はあなたの家族なのだという、血のつながりもない創ができる精一杯の表明だった。

夕方、不安に震えながら、幼い創は誠也の家の前で誠也の母が出てくるのを待っていた。その頃《ころ》にはもう、彼女は夕方家を出て、朝酒の臭《にお》いを振《ふ》りまきながら帰ってくる生活を繰《く》り返していた。玄関《げんかん》で物音がして、創はじっとりと汗ばんだのを覚えている。現れた誠也の母に、泣きながら必死に何事か叫《さけ》んだはずだった。

そして――

崩れるように膝《ひざ》をつき、自分を強く抱きしめる細い腕。

肩に広がるじんわりと温かく湿った感触《かんしょく》。

その時耳元で囁かれた一言だけは、未《いま》だ思い出せないままだ。

夫の浮気《うわき》で家庭が崩壊《ほうかい》し、独りになった妻は酒と男に溺《おぼ》れて子供を虐待《ぎゃくたい》する。

そんな不幸話はゴロゴロ転がっているし、もっと悲惨《ひさん》な出来事だって珍しくない。

よくある話なのかもしれない、と創は思う。

だが、知らない誰かからしたらありふれた話だとしても、当事者にはそれが全てなのだ。

誠也は大丈夫《だいじょうぶ》だろうか、と兄貴分として面倒を見てきた幼馴染を憂《うれ》う。

誠也には母親が全てだった。母親のため、不器用なりに努力して生きてきた。その当の本人が最後通牒《つうちょう》を渡《わた》していなくなってしまった。

歪《いびつ》とはいえ、誠也にとって母親の存在は柱だった。母に依存《いそん》して生きていたのだ。

——柱を失った誠也はどうやって生きていけばいい？

空が白んでくるまで考えても、答えは見つからなかった。


誠也の母親がこの世を去ってから少し経《た》った。

夏も本番に差し掛かり、外を歩けば陽炎《かげろう》が熱に茹《ゆ》だる者を煽《あお》るように踊《おど》っている。

視聴覚室のエアコンをフル稼働《かどう》させ、長机を誠也、創、結衣の三人で囲んでいた。部屋の空気は機械が吐《は》き出す冷風とも違う、重く冷ややかな空気を帯びていた。

創はスマホを弄る手を止めて誠也を見る。誠也はぼうっと窓の外を眺《なが》めていた。

表面上はいつもと変わらないように見える。しかし創は、水面ぎりぎりのところで辛《かろ》うじて顔を出して呼吸しているような、少し目を離せば抵抗《ていこう》もせず水底へ沈《しず》んでしまいそうな危《あや》うさを感じていた。

結衣も何かを感じ取っているようで、時折誠也を気にしているようだった。

「おい誠也」

「……」

「誠也！」

「……どうした？」

ゆっくりとこちらを向くその表情はいつもと同じ鉄仮面だ。だが拭《ぬぐ》いきれない違和感《いわかん》は創の焦燥《しょうそう》感をくすぐる。

「おまえ借金とか家とかどうすんだ？」

この場には事情を知っている人間しかいない。それを聞くのに躊躇する必要はなかった。

「相続放棄《ほうき》ってのをすりゃ借金は払《はら》わなくていいんだろ？」

「おまえが返せと昔母さんに言われた」

予想のできていた答えだった。それでも頭に血が上るのを抑えられない。

ない交ぜになった感情が体を跳《は》ねさせた。立ち上がった拍子《ひょうし》に椅子が倒《たお》れる。

「おめえバカかよ！　あいつはもういねえ、そんなもん守る必要ねえよ！　わかってんだろ。そもそもあいつが遊ぶために作った借金をなんでおめえが返す必要があんだよ！」

「ちょっと創さん落ち着いて……」

掴みかかりそうな勢いの創を結衣が押さえる。教師でも怯《ひる》むだろうそれを真正面に受けてなお、誠也は平坦《へいたん》に答えた。

「わかっている」

創はギリリと歯ぎしりをする。

——あんな隠《かく》そうともしていなかった悪意にすら、誠也は律儀に従おうとする。そんなことをしても誰《だれ》も救われないと、本人だってわかっているはずなのに。

「それに、母さんがいた家を手放したくない」

「……勝手にしろ」

空いている隣《となり》の椅子を乱暴に引っ掴み、そっぽを向いて投げ出すように腰《こし》かけた。

「ごめん、なさい」

背中にかけられた幼い謝罪の言葉に、訳も分からず込み上げるものを感じて誤魔化《ごまか》すように頭をかいた。何か言おうと思ったが、喉が詰まるような感覚に邪魔《じゃま》された。

耳が痛くなるような沈黙《ちんもく》が横たわっている。

「あの、先輩、何かしたいこととかないんですか？　もう少し自分のために時間を使ってみてもいいと思いますよ」

沈黙を嫌《きら》うように結衣がまくし立てる。その表情は少し強張《こわば》っているように思えた。

「したいこと……」

誠也は自身の内側に落とし込むように呟いた。

「わからない」

「まあまあ、すぐには思いつかないでしょうからゆっくり考えましょう。なんなら……私がお手伝いしましょうか……？」

結衣が声に艶を出し、動きに科を作って誠也を挑発する。沈殿《ちんでん》する嫌《いや》な雰囲気《ふんいき》をどうにかしようとして無理しているのが丸わかりで痛々しい。

創は内心で自身に舌打ちをした。

――勝手にキレて後輩《こうはい》に気を遣《つか》わせるなんて情けない。

大きく深呼吸を一つして、顔を上げる。

「結衣の言う通りだ。別に今すぐなんて言わねえ。俺たちにできることなら協力してもいい。何でもいいからやりたいことを見つけてみろ」

誠也の全てが母親を中心に回っていた。それがたとえ報《むく》われないことだとしても、確かに中心にあって軸《じく》として誠也の世界は成り立っていたのだ。

「わかった」

誠也は立ち上がり、静かに部屋を去っていく。その背中は迷子の子供にも似て頼《たよ》りない。

所有者が消えて途方に暮れたアンドロイドといった方が正しいのかもしれない。

我欲《がよく》もなく命令を求めてさ迷う存在が、ロボットと言わずしてなんなのだろうかと、幼馴染を機械と評した自分に嫌悪《けんお》すると同時に、そうなるように仕向けた存在を恨めしく思う。だが、誠也の母を憎《にく》み切れない自分もどこかにいて、それがもどかしいのだ。

――歪んでしまうまでは、あの人も優《やさ》しい人だったはずなのに。あの人を尊敬していたのに。いつからか変わってしまった。

「俺ぁ駄目《だめ》だな。辛いのはあいつなのに、当たっちまった」

「ええ、ダメダメです。反省して、全力で先輩のために尽《つ》くしてください」

遠慮《えんりょ》のない批判に、容赦《ようしゃ》がない、と乾《かわ》いた笑いが漏れる。だが変に気を遣われるよりは何倍もいいと創は思った。少なくとも俺たちはそういう関係でいいのだ、と。

「そうだな」

俺はあいつの兄貴分として何をしてやれるのだろう、と創は考える。結局、途方に暮れているのは自分も同じだった。

「どうしたらいいんだろうな」

知らずのうち、結衣に尋ねていた。

「わからないです」

「……まあそうだわな」

そんなうまい話はないかと肩をすくめた創に、結衣は言葉を続けた。

「ただ、朝比奈さんとの一件が鍵《かぎ》なのでしょうね」

「朝比奈？」

誠也の母の容態が急変するまで話題の中心にいた少女。

確かに誠也が母親以外で執着《しゅうちゃく》していたものは、彼女の弁当くらいなものだったが。

「もうすぐあいつ海外に行っちまうぞ」

「そうみたいですね」

「おまえな……」

あっけらかんと言う結衣にジト目を送った。

「あいつらが上手《うま》く行ったとして離れ離《ばな》れになったら意味なくねえか？　しかも外国ってんなら簡単に会いに行けるような距離《きょり》でもねえし」

「とはいえ他に先輩の気持ちを動かすようなものがない以上、選択肢《せんたくし》はないのでは？」

「まあ、なぁ」

「それに最悪、上手く行く必要はないのです。なぜ先輩が朝比奈さんのお弁当にこだわるのかがわかれば、それを取っ掛かりに別の何かを見つけることもできるかもしれません」

「……確かにその通りかもしれねえ」

つまりは結局のところ、亜梨沙が言っていた『なぜ誠也が弁当にこだわるのか』がわからないとどうしようもない。

「なあ、おまえはわかってんだよな？」

「先に言っておきますけど、前にも言った通り、私からは何も言いませんよ」

機先を制された創は、ぐっと詰まった。苦々しげに顔を歪めるが、今回は引かなかった。

「そうは言うけどよ。おまえだって今の誠也を放っとけないだろ？」

「それは……」

結衣は眉尻《まゆじり》を下げて口を閉じた。

創は考え込むように難しい顔をしている結衣を見守る。

「……わかりました。少しだけ私の考えを話します」

「そうか。悪いな」

「いえ、その代わり条件があります」

「ああ、いいぞ」

無茶《むちゃ》を聞いてもらったんだ。多少の無理は聞いてやるのがスジってもんだ、と創は笑う。

「創さん、キスしてください」

そしてその笑《え》みが凍《こお》り付いた。

「………………は？」

創が固まっている合間にも、結衣は距離を詰めて首に手を巻き付けてくる。そのまま創の太ももを挟《はさ》むように座った。創の心臓が飛び跳ねる。

「お、ま、ちょっ……」

「創さん……」

切なげに結衣の睫毛《まつげ》が伏《ふ》せられていく。

薄《うす》い桃色《ももいろ》の唇が近づくにつれ、甘《あま》い匂《にお》いが鼻腔《びこう》を満たしていく。

ほんのり上気した結衣の頰《ほお》に呼応するように創は自分の顔が熱を持つのを意識する。

どんどんお互《たが》いの距離が縮まり、そして――

「ちょ、やめろって！」

重なる前に、無理やり結衣を引き剥《は》がした。

「さすが創さん、朝比奈さんと違って意志が強いですね」

先ほどまでの艶っぽい表情は霧散《むさん》し、飄々《ひょうひょう》とした笑みが結衣を彩《いろど》っている。

「……どういうつもりだよ」

低く、ドスの利《き》いた声が創の口から漏れた。気疲《きづか》れのせいか、その息は弾《はず》んでいる。

「創さん、私のこと好きですか？」

「はっ⁉　何だよさっきから」

先ほどから訳の分からないこと続きで、創の頭はパンク寸前になっていた。結衣はそんなことお構いなしに、ずいっと迫《せま》ってくる。

「いいから私の質問に答えてください。私のこと好きですか？」

逃《に》げるように顔を逸《そ》らしながら、創は歯に物が挟まったように言った。

「いきなり言われても、結衣をそんな風に見たことねえしよ……」

「つまり好きではないと」

「……まあ、な」

創の回答を聞いて結衣は気落ちするでもなく、今度は指を突《つ》き付けた。

「でも、好きでもない私に迫られてドキドキしましたよね？」

「んなっ――」

サッと創の顔が赤らんだ。

「恥《は》ずかしがる必要はありません。手をつないだり、抱きしめられたり。普通《ふつう》の人にとって肌の触《ふ》れ合いというのは大きな意味を持っているんです。何とも思ってなかったのに意識するようになったり、逆にあまり快く思ってない相手だったらとことん嫌いになったり」

「……まあ、確かにな」

「つまりさっきので創さんが私に惚《ほ》れてしまったと思いますが、私は先輩ラヴなので応《こた》えることはできません。ごめんなさい」

「……ホントおまえって自由だよな」

頭を下げる結衣に、創は呆《あき》れた顔を隠そうともしない。

「まあそれは置いといて。もし同じことを、なんならもっと過激なことを先輩にしても、あの人は全く動じないでしょうね」

「そんなこと——」

ないだろ、と言いかけて創は思い直す。確かに誠也が慌《あわ》てふためく様は想像できないし、何より実際結衣に纏《まと》わりつかれても平然としていた。

「なんで、先輩はそうなったと思います？」

「……バイトのせいか」

考えるまでもなく頭に浮《う》かんだ解答に結衣は頷《うなず》いた。

「好きでもない相手を抱きしめて、愛してもいない相手に愛してると囁く。そんなことを繰り返してるうちに、きっと先輩はわからなくなっちゃったんだと思います」

「わからなくなった?」

「ええ。きっと、それが先輩のお弁当にこだわる理由です」

透《す》き通るような笑《え》みを結衣は浮かべる。しかし、創には結衣が言った言葉の意味も、彼女が浮かべる笑みの理由もわからなかった。

「さ、これ以上は話しませんよ。少しだけって約束ですからね」

キッパリと結衣は口を閉じる。さすがに創もこれ以上問い詰めようとは思わなかった。

ふと、疑問が湧《わ》いた。それを結衣にぶつけようか、しばし悩《なや》んだがつい先ほど彼女にからかわれたことを思い出し、口を開く。

「なあ、おまえそこまで誠也のことわかってんなら、なんで亜梨沙と張り合わねえんだ?」

誠也のことが好きで、彼の考えていることを本人以上に理解していながら、結衣が今の状況《じょうきょう》で手をこまねいている理由が、創には理解できなかった。

結衣が不思議な色を宿した瞳で創を見つめる。肌が触れたわけでもないのに、創はドキリと胸が高鳴るのを感じた。

「ねえ、創さん。恋愛脳《れんあい》って言葉知ってます?」

「あ？　なんだよ急に。聞いたことくらいはあるが」

それがネットスラングなのか学術用語なのかは知らないが、一般的《いっぱんてき》に恋愛に偏《かたよ》った考え方の人間のことを揶揄《やゆ》するために使われている言葉ということくらいは知っている。

「恋愛脳がーってバカにする人いるじゃないですか。あれって酷《ひど》い差別だと思いません？　何が大事かなんて人によって違うのに、一方的にくだらないって決めつけてるみたいで。片思いだったら恋愛脳で、恋人《こいびと》だったり結婚《けっこん》してたら身内思いの立派な人、なんてバカみたい」

唇を尖《とが》らせる結衣は、まるで不貞腐《ふてくさ》れた子供のようだった。新たに見えた一面に戸惑いながら、創は口を開く。

「あーよくわからねえけど、まあ人に迷惑《めいわく》をかけなきゃいいんじゃねえか？」

「そうですね。そう思います」

困惑《こんわく》しながら言った苦《くる》し紛れの毒にも薬にもならない言葉に、結衣は寂《さび》しそうに笑った。

「でも、迷惑をかけないと幸せになれない人間だっているんですよ」

「……」

遠くで部活に精を出す生徒の掛け声が聞こえる。

窓から差す赤い残照が創と結衣の間に横たわっていた。

「私が、先輩の支えになれたらよかった」

呟《つぶや》かれたそれにどれほどの思いが内包されているのか。ただ単純に恋敵《こいがたき》に敗れたとか、そんなことよりももっと根深いところに思いの根幹がある気がした。

「おまえだって、十分支えになってると思うぞ」

結衣が言っているのはそういうことではない。わかっていながら創はそれしか言えなかった。彼女もそれがわかったのだろう。色素の薄い髪《かみ》を揺らしながら小首を傾《かし》げ「創さんもですよ」と儚《はかな》く笑った。


自分の部屋に入るなり、カバンを雑に捨て置き、ベッドへ身を投げ出す。

結衣の表情を思い返す。隙《すき》あらば誠也にアプローチをかけていて、痴女《ちじょ》一歩手前の発言を恥ずかしげもなくする。かと思えば何気なく気遣《きづか》いを見せたり飄々とした態度で何でもそつなくこなす少女。それが創の結衣に対する印象だった。

「あんな顔もするんだな」

頭の後ろで腕《うで》を組んで独りごつ。

それなりに長い付き合いだが、結衣が自身の弱い部分をさらしたのは初めてだった。創の中にある人物像からは、およそかけ離れたガラス細工のような印象。

——思えばここ最近はそういうことが多かったな。

誠也にしたって母親以外のことに執着を見せたのも創からしたらあり得ないことだった。

ずっと仲良くやってきたつもりだった。気恥《きは》ずかしくて口には出さなかったが、単なる友人の枠《わく》を超《こ》えて仲がいいと思っていたのだが。

——わからなくなっちゃったんだと思います。

改めて考えると気づかされる。

「何も知らねぇんだな、俺」

毎日のように顔を合わせるその一方で、お互いの事情に深く踏《ふ》み込《こ》むことはなかった。

結衣に対してもそうだし、誠也に関しては彼の母親が変わってから、無意識にどこかその話題を避《さ》けていた気がする。

急に自分だけが置いて行かれているような気がして、創は起き上がり首を振った。

安いパイプベッドが軋《きし》んだ音を立てる。

このままじゃ駄目だ、そんな使命感に突き動かされて、脇に放ってあったスマホを手に取る。画面を数回タップするとコール音が鳴り始めた。

「よお。今家にいるか。……そうか。今からそっち行くわ」

言うが早いか電話を切って上着を羽織った。

帰宅した時にはまだギリギリ明るかったのに、ほんの少し経っただけで外には闇《やみ》の帳《とばり》が下りていて、雨まで降り出していた。

適当に引っ掴《つか》んできた傘《かさ》の下、昔通った道を大きくなった歩幅《ほはば》で歩く。視界が悪かろうと道順は体が覚えていた。道中の建物は大きく様変わりしていた物もあったが、辿《たど》り着いた二階建ての一軒家《いっけんや》は外観を古くしただけで変わっていなかった。強《し》いて言えば昔よりも小さく見えたが、それは創が昔よりも大きくなっただけだろう。

地面に敷《し》き詰められたレンガはところどころ割れていて、雑草が隙間《すきま》から伸《の》びていた。灯《あか》りも点《つ》いていない玄関でインターホンを鳴らす。しばし待つも反応はない。再度押《お》すもそれは変わらず、仕方なく創はノックとともに中にいるだろう幼馴染に声をかけた。

「誠也、いるか」

しばらく待つが、やはり返事はない。

「おい、誠也」

扉の向こうは静まり返っている。いないのだろうか。頭をかく。取っ手を引くと軽い音とともに扉が開いた。鍵はかかっていないようだった。

「入るぞ……？」

敷居《しきい》を跨《また》ぐと幼少期にかいだ懐《なつ》かしい匂いが鼻腔をくすぐった。

外からの街灯に照らされた玄関にはごみ袋《ぶくろ》がいくつか脇に置いてあった。奥まるにつれて灯りが届かなくなり、暗闇《くらやみ》に吸《す》い込まれていく。ごみ袋を避けながら短い廊下《ろうか》を進み、暗がりの中記憶を頼りに壁《かべ》に手を伸ばし、電灯のスイッチを点ける。

「いるじゃねえか」

八畳《じょう》ほどのリビングには物が散乱していた。ひび割れ破れたソファには衣類や段ボール箱が載《の》っかり、壁際《かべぎわ》には何かが入った幾《いく》つもの放置されたビニール袋が不貞腐れていた。フローリングには種類を問わず、物が散らかっている。強盗《ごうとう》でも入ったかのような有様に創は顔をしかめた。

その部屋の隅《すみ》、棚《たな》の横に誠也はいた。背を丸めて胡坐《あぐら》をかいた足の上に乗せた冊子を眺めていた。

「誠也」

「……創。いたのか」

のそりと振り向いた誠也に、創は頭をかいた。

「そらこっちのセリフだ。電気くらい点けろ」

雨で濡《ぬ》れた上着を木製のポールハンガーに掛けて、冊子に目を落とした誠也に歩み寄る。

「アルバムか？」

誠也の持つ冊子は、ビニールで覆われた白いページにいくつもの写真が貼《は》られている。

「整理していたら、出てきた」

「あの真っ暗な部屋で整理してたのか？」

創が眉《まゆ》をひそめながら聞くと、誠也はゆっくりと時計を見た。

「……少し、ぼうっとしていたかもしれない」

「そうか。……俺も見ていいか？」

「ああ」

周りに散らばる写真を丁寧《ていねい》に避けながら、誠也の隣で同じように胡坐をかく。

誠也の抱《かか》えるアルバムを覗《のぞ》きこむ。

「うわ、ちっさ……」

赤い表紙のそれに貼り付けられたいくつもの写真には黒髪《くろかみ》の女性と小さな男の子が溢《あふ》れんばかりの笑顔で写っている。写真は被写体《ひしゃたい》だけを丁寧に切り取られていたり、写真の周りに母親が描《か》いたのかキャラクターのようなものも描かれていて、一ページ一ページに大変な手間をかけていることが見て取れた。

「おまえめちゃくちゃ笑ってんじゃねえか」

「ああ」

どの写真を見ても母親と誠也はこれ以上ないくらい幸せだと表情が物語っていた。写真の中の誠也に引きずられるように、創の記憶が蘇る。そういえば今こそ誠也は仏頂面《ぶっちょうづら》ばかりしているが、元々はむしろ人より笑う子供だった。そして顔なじみも初対面も関係なくその場の子供全員を巻き込んで大人数でよく遊んでいたのだ。当時の誠也はおっちょこちょいでよくドジをしていたが、いつも友達に囲まれていてバカみたいに笑っていた。創も巻き込まれたその一人だったのだ。

懐古《かいこ》の念を楽しみながら、たまに写真に対して添《そ》えてあるコメントを読む。

『初めての遊園地、誠也君楽しんでるかなっ？』

『泳げるまでひたすら特訓！　頑張《がんば》れ誠也!!』

『学芸会は木の役でしたっ。でも主役よりもかっこいいぞー！』

女性らしい柔《やわ》らかい字体で書かれたそれは、被写体への思いに満ちていた。創は我知らず目を細める。昔のあの人はそうだった。誰からも愛されていて、また彼女《かのじょ》もそれに応えるようにみんなに優しかった。

最期に会った彼女の顔を思い出す。アルコールが原因で黄ばんだ目を血走らせながら睨《にら》みつける顔。

——本当はあんな顔をするような人じゃなかった。

昔の誠也とその母親はいつも人に囲まれていた。そばにいるだけで心が温かくなって訳もなく楽しくなるような魅力《みりょく》に溢れている家族だった。

父親の不倫《ふりん》で家族が崩壊するまでは。

時折不自然に空いているスペースが目に留まる。誠也に聞かずとも、創はそのスペースの意味を察していた。きっと父親が写っている写真がそこに収まっていたのだろう。元々仕事の関係でほとんど家にいなかった。だからなのか不自然なスペースはそれほど多くなかったが、点在するその空白は妙《みょう》な存在感を放っていた。視線を横にずらせば二人の親子の幸せそうな笑顔。

「なあ」

考えるより先に口が動いていた。

引き止めようとする身の内の何かを振り切って創は続ける。

「親を、恨《うら》んでるか」

それは父のことか。母のことか。問いかけた創自身にもわからない。だがそれでもいいと思う。この問いかけで誠也の中に凝《こ》り固《かた》まっている思いを少しでも紐解《ひもと》ければ。

誠也はアルバムに目を落としたまま、何度も口を小さく開けては閉じる。

強くなる雨音が鼓膜を揺らしている。誠也が持つアルバムのページは変わらない。

「最初は――」

どれくらい待っただろうか。誠也の少し掠れた声が辛うじて耳に届いた。

「最初は、何が起きたかわからなかった。母さんが俺から隠そうとしていたから。ただ、父さんとは一緒《いっしょ》にいられないのだと聞いて悲しかった。あまり会えなかったが、その分会った時は色んな場所に連れて行ってくれたし、優しかったから」

時々、言葉に詰《つ》まりながら話し出す。

誠也が小学校高学年になる頃、彼《かれ》の両親は離婚《りこん》した。創もよく覚えている。当時、誠也の母親は気丈《きじょう》に振る舞《ま》っていたが、いつも目が赤く腫《は》れていたことに気づいていた。誠也の父親とはほとんど面識がなかったから、創は誠也達《たち》を悲しませた存在として、誠也の父を快く思っていなかった。ありていに言えば憎んでいた。

「離婚してから母さんは何もしなくなって一日中泣いていた。月に一度父さんに会う日、母さんは、あいつの方がいいんでしょと、よく俺を叩いた。その後、母親失格だとまた泣いて謝《あやま》ってきた。俺は母さんが悲しまないように父さんと会うのを止《や》めた」

それまで誰からも愛されてきた人だから、裏切られることに耐性《たいせい》がなかったのか。夫の裏切りを皮切りに人間不信に陥《おちい》っていたのだろうか。誠也の抱えるアルバム、そこで曇《くも》りのない笑みを浮かべる誠也の母を見つめた。今となっては確認《かくにん》する術《すべ》もない。

「その内、母さんは男遊びに傾倒《けいとう》するようになった。毎日違《ちが》う男を家に連れてきて朝まで騒《さわ》ぐか、酒の臭《にお》いをさせながら朝帰りするかのどっちかになった。俺は母さんが男に嫌われないように部屋を綺麗《きれい》に掃除《そうじ》していた」

それも覚えている。

昔は誠也の家に遊びに行くと、いつももてなしてくれていたのに、いつからか寝室《しんしつ》から姿を現さなくなった。たまに会った時も横目で視線をやるだけで何も言わない。髪が派手な金髪《きんぱつ》になったこともあって別人のように思えた。

「借金取りが家に来るようになった。仕事もしてないのにホストに貢《みつ》いだから借金が膨《ふく》れ上がってた。この頃《ころ》になると母さんは男の家に泊《と》まることも増えてたから俺がいつも対応してた。怒鳴《どな》られても掴みかかられても母さんの居場所は言わなかった。母さんが何をされるのか考えたら怖《こわ》かった」

この時期にはもう誠也は笑わなくなっていた。そのことに危機感を覚えた創が誠也を家から出るように説得したが、頑《がん》として聞き入れようとはしなかった。

「ある時、借金取りに返す金がないなら体を売れと言われて、そのまま連れていかれた。初めての客は六十過ぎの太ったお婆《ばあ》さんだった。帰ったら母さんがいて頑張りなって言われた。ようやく認めてもらえたみたいで嬉《うれ》しかった」

誠也は他人事《ひとごと》のように淡々《たんたん》と語る。その指は寄り添う親子の輪郭《りんかく》をなぞるように切り抜《ぬ》かれた写真の縁《ふち》をなぞっている。

「本当はわかっていた。もう俺は母さんに利用されているだけだと」

「……」

「母さんは傷ついていたから、見捨てられなかった。いつか昔の母さんに戻《もど》るかもと思うと、見捨てられなかった。母さんが怒るのは俺が悪いからだと思い込もうとしていた」

強く、強く。

誠也が拳《こぶし》を握《にぎ》っている。

「どっちも、恨みたくなかった。父さんも母さんも。本当は恨みたくなかった」

それは創が初めて聞く誠也の本音だった。

創はずっと、誠也が妄信的《もうしんてき》に母親を敬愛しているのだと思っていた。

利用されることに一切《いっさい》の疑問も挟まず、純粋《じゅんすい》に母親という存在を信じ続けているのだと思っていた。

——そんなわけがないだろ。だって誠也は人間だ。ロボットじゃない。

当たり前の事実に、今さらになって辿り着いた。

アルバムを見る。

そこには幸せな過去が切り取られて飾《かざ》られている。曇りのない笑顔をカメラに向ける誠也がいる。何があったのか顔をくしゃくしゃにしながら泣いている誠也がいる。

楽しければ笑い、悲しければ泣く。

本当の誠也がそこにいた。

「なあ、俺さ」

未だ硬《かた》く拳を握る誠也の肩《かた》に手を置きながら、創は口を開いた。誠也の話を聞いて気づいたことが一つあった。

「俺、おまえに嫉妬《しっと》してたのかもしんねえ」

「……嫉妬？」

束《つか》の間《ま》去来していた感情を忘れたかのように、誠也の拳が緩《ゆる》んだ。

「おまえが母親に何を言われても尽くし続けてるのを見ててよ、俺にはそんなこと無理だって思っちまったんだ」

どんな罵声《ばせい》を浴びせられても相手を責めることなく、献身的《けんしんてき》に世話をし続ける。くだらない理由で作った借金のために文句ひとつ言わず、過酷《かこく》な環境《かんきょう》で働き続ける。そんな誠也に創は畏《おそ》れにも似た感情を抱《いだ》いていた。

本当の家族なら誠也のようにできたのか。そんな思いが創の中に燻《くすぶ》るようになっていた。

「その内、自分に言い訳するようになってた。俺は本当の家族じゃないからってよ」

創はいつからか、無意識に抱いていた。

誠也の母親を信じ抜けなかった罪悪感と、真っすぐに母親を想《おも》う誠也に対する劣等感《れっとうかん》を。

時を重ねるうち、それが歪《ゆが》みに歪んで創はこう思うようになっていたのだ。

あいつは特別だから。他の奴《やつ》とは違うから、と。

「でもおまえも同じだったんだな。好き勝手に言う母親が嫌になって、嫌いになりたくないのにそうなっていく自分も嫌で。そうやって苦しんでるのに、俺は勝手に嫉妬しておまえのことをちゃんと見てやれなかっただけなんだな」

――こりゃ兄貴分失格だ。

誠也に見えないように自嘲《じちょう》した。

「俺、は、母さん、を……」

顔を手で覆《おお》い、誠也は呻《うめ》くようにたどたどしく言葉をつないでいる。

「誠也、俺は家族がどうとかは正直わかんねえ。だから俺自身が思うことを言うわ」

兄が弟にするように誠也の肩を引き寄せる。必要だったのは魔法《まほう》のような言葉でも、傷を舐《な》め合うような慰《なぐさ》めでもなかった。ただ、自分の気持ちを見つけて伝える、それだけでよかったんだと気づいた。

だから、伝えるのだ。

今度は誠也が、自分の気持ちを見つけられるように。

「恨んでもいいいんじゃねえか。何されても一から十まで受け入れなきゃいけないなんて、そりゃ家族じゃなくて神様だ」

創は神様でいることを、ずっと誠也に押《お》し付けてきた。

――そんな俺《おれ》が言えたぎりじゃないだろうけど。

それでも創は一時の恥《はじ》を我慢《がまん》して、厚顔無恥《こうがんむち》に語り掛《か》ける。今は俯《うつむ》くこの不器用な弟分がいつか前を向けるように。

「嫌なことされたら嫌いになって、でも楽しかった頃《ころ》のこととか思い出して、なんだかんだ憎み切れないでまた一緒にいたくなる。そんなんでもいいだろ」

思い浮かべるのは、視聴覚室《しちょうかく》でいつも一緒にいる仲間のこと。誠也は融通《ゆうずう》が利かなくて空気が読めない。結衣は生意気だし、後輩のくせに弄《いじ》って来たりたまに本気でキレそうになる。最近になって一緒になった亜梨沙は優等生の皮を被《かぶ》ってるがキレると怖いし、たまに酷いことを言ったりもする。

なんだよこいつ、と嫌になったり喧嘩《けんか》することもあるが、それでもいつの間にか当たり前のように元に戻ってつるんでいる。そんな関係が、創にとって心地《ここち》よかった。

「……恨んでも、いいのだろうか」

「別にいいだろ」

創は誠也に頷くと同時、自分にも肯定《こうてい》していた。

――本当の家族にはなれなかったかもしれねえ。でも、俺と誠也は兄弟分として今もこうしてつながっている。

それで十分《じゅうぶん》な気がした。

「そう、か」

長い、長い沈黙の後、誠也は呟いた。

時計の針が時を刻む音が聞こえる。

ポールハンガーに掛けた上着から、雫《しずく》がポタリと滴《したた》った。

「創」

「なんだ」

「俺は、もう一度愛されたかった」

飾り気《け》もない、簡潔な一言。

これだけが誠也の全《すべ》てだった。

そして、それが相手に届くことはもうないのだろう。

「なぁ、ゆっくりでいいからよ。新しい目標っつーかさ、そういうの探そうぜ」

「……そうだな」

ポツリと、誠也は応えた。


創は自分の部屋に帰ると手に持っていた紙袋《かみぶくろ》から一冊の冊子を取り出した。誠也から渡《わた》されたアルバムだった。小学校低学年から中学年の時期に撮影《さつえい》したものが収まっていると言っていた。創も写っているものがあったらしい。

パラパラとめくっていると、誠也と母親以外にもう一人の子供が写り込んでいる写真が散見されるようになる。どの写真にも二人とは対照的にブスっとしていて、カメラを横目で睨みつけるようなアングルで後ろの方に写っている。写真横に添えてあった誠也の母のコメントに目を走らせる。

『泣き虫誠也とイバリンボウ創君、ケンカはだめだぞっ』

『創君も一緒にお弁当。午後のリレーもガンバレガンバレ！』

仄《ほの》かな笑みを浮かべながらコメントを一つ一つ両手でそっとすくうように読んでいく。

ふとあるコメントに目が留《と》まった。

二組の布団《ふとん》が敷かれ、誠也と創が眠《ねむ》りについている写真。その横に書かれた一言。

『誠也と創君はいつも仲良し。本当の兄弟みたいだねっ！』

前触《まえぶ》れもなく、目頭《めがしら》に熱が灯る。

「……っ」

みるみる視界が歪む。喉《のど》が熱くてたまらなくなる。

「うっ――！」

枕《まくら》に顔を押し付けて嗚咽《おえつ》を無理やり抑《おさ》え込む。

強烈《きょうれつ》な悔恨《かいこん》と懺悔《ざんげ》の波に吞《の》まれ、必死に息継《いきつ》ぎをするように浅い呼吸を繰《く》り返す。発作《ほっさ》のようなそれはどうやっても止まらず喘《あえ》ぐ。

「うぁあああぁ……！」

――なんで俺はあの人を信じ続けられなかったんだろう。つまらない嫉妬になんて惑《まど》わされないで信じ抜けていれば、あんな最期《さいご》にはならなかったかもしれないのに。

拳をベッドに叩《たた》きつける。

軋む音とともに安いパイプベッドが微《かす》かな痛みを拳に返す。

――どうせ誰《だれ》も見てやしない。

恥も外聞もなく、ただただ、泣いて泣いて泣いて泣いて暗く終わった生に思いをはせていた。

「朝比奈さんを呼び出したい」

創が誠也の家へ赴《おもむ》いた日から数週間が経《た》った。

夕日で赤く焼けた視聴覚室。お決まりの溜《た》まり場《ば》で誠也はポツリと呟いた。

壁に背をもたれ、椅子《いす》二つを使って足を伸ばしながらスマホを弄っていた創は、誠也のもそりとした宣言に、手を止めた。

「先輩《せんぱい》?」

本を読んでいた結衣が訝《いぶか》しげに首を傾げる。セミロングの髪がさらさらと流れた。

亜梨沙といざこざがあって、誠也の母が亡《な》くなって、それから何となく亜梨沙の話題はこの三人の中で遠のいていた。クラスでの交流もほぼ皆無《かいむ》といっていい。

「朝比奈さんを呼び出したい」

もう一度繰り返す。

「そうか。気張ってこいや」

創は誠也を見据《みす》えてそれだけ伝えた。

「えっとじゃあ作戦会議でもします?」

結衣が少し戸惑《とまど》ったように提案する。急な展開で動揺《どうよう》しているのか珍《めずら》しく困惑しているのが表情に出ていた。

「いや、誠也が思うようにやればいいんじゃねえか」

「創さん？」

「ああ」

「後悔《こうかい》のないようにな」

「わかった」

一つ頷いて誠也は出て行った。

「えー……」

トントン拍子《ひょうし》に進む会話に一人取り残された結衣が何ともいえない顔をしている。ポーカーフェイスの欠片《かけら》もない様子に創は堪《こら》えきれず噴《ふ》き出した。

「もーなんですか。面白《おもしろ》いですか。困り果てた可愛《かわい》い後輩《こうはい》が」

口をへの字にして言い募《つの》る結衣をまあまあと宥《なだ》めすかす。

「全く……私だけ蚊帳《かや》の外ですか」

プリプリとしながらも、瞳《ひとみ》は寂しげに伏せられている。

「そうじゃねえ。むしろおまえのおかげみたいなもんだよ」

「へ？　そうなんですか？」

キョトンとする結衣に優《やさ》しく微笑《ほほえ》む。

結衣が胸の内を少しだけ明かしたのをきっかけに、誠也へ歩み寄ることができた。直接関係なくとも、結衣の功績は大きかった。

「さすが誠也のことになると違うな」

「ぬへ、ぬへへ、そうですかね？」

気持ちの悪い笑い方で照れる後輩に、こめかみがピクリと動くが今回はスルーした。

「でも――」

ふと、真面目《まじめ》な顔に戻って結衣が口を開く。

「でも、大丈夫《だいじょうぶ》でしょうか。朝比奈さん、明日で学校最後ですよね？」

結衣の眠たげな目、その奥《おく》にある鶯色《うぐいすいろ》の瞳が創を映していた。

確かに、と創は内心で頷いた。

「どうなるかはわからねえ。でもどうなろうがそれはあいつ自身が選んだ結果だ」

この数週間、創は誠也に対して「これからどうするのか」について触れなかった。それはかつて結衣が言った通り、誠也自身が考えるべきことだと思ったからだ。もちろん誠也から相談されれば話は聞くつもりだったが、特にそういうこともなかった。

正直じれったい気持ちはあったが、鋼の意志で手を差し出すことだけはしなかった。それはきっと結衣も同じなのだろう。

人に流されてきた誠也が変わるには、彼自身が考えるしかないのだ。

「そう、ですね」

結衣が痛みに堪えるように目を細めた。それは誠也の成否を案じてなのか、結衣の想いが痛むのか。

想い人の告白が成功するように願う。

それはどれほどの苦痛なのだろうか。そんな相手がいない創には想像もできない。結衣がいつか言っていた『先輩に彼女がいようが関係ない』というのはどこまでが本心なのだろうか。いらぬ節介《せっかい》を焼きたい衝動《しょうどう》に駆《か》られるが、息を吐《は》き出し我慢する。

あれもこれもと手を出すのは、きっと我儘《わがまま》なのだろうから。

「どうしました？　ため息なんてついて」

「いや、なんでもねえよ」

誰かが幸せになるなら、誰かが我慢しなければならない。

誠也の母が残した言葉が片隅《かたすみ》に過る。認めたくはないが、それは確かに一つの真理だった。

だが、無情な世を儚むと同時に、創はこうも思うのだ。

自分が我慢してでも幸せにしてやりたい相手が見つけられたなら、それも一つの幸せなのではないか、と。

第五章

大丈夫？　と声を掛けられることが増えた。

そのたび亜梨沙は手を振《ふ》って大丈夫よ、と答えた。

亜梨沙は能面のような表情の青年を思い出す。いや、本当は思い出すまでもなかった。決別を告げたあの日から、常に頭の片隅に残り続けている。

他にどうしようもないと思っての決断なのに、どこかで後悔している自分がいることを亜梨沙は自覚していた。

——本当は全部私の勘繰《かんぐ》り過ぎではないだろうか。

彼に何か事情があってあの女性と歩いていただけではないだろうか。

尽《つ》きぬ疑問が亜梨沙の脳内を占《し》める。際限なく湧き続ける可能性たちに、そのたび亜梨沙は釈明《しゃくめい》するのだ。

——では彼の目の奥に燃える欲は何なのか。純然たる好意ではないのだ。そんな男をどうやって信用しろというのだ。

いつもそこで抗議《こうぎ》は止まる。そして時間が経った頃にまた騒ぎ出すのだ。

要するに未練なのだ、と亜梨沙は結論づけた。

あり得たかもしれない都合のいい未来に焦《こ》がれているだけ。そこに発展性はない。

そう気づいてから、少し気分が楽になった。完全に断《た》ち切れたわけでもないが、少なくとも誠也達に挨拶《あいさつ》をするたび胸がざわめくこともなくなった。

この分なら、そう遠くないうちに懐かしい思い出として振り返ることもできるだろう。

——そのはずだったのに。

亜梨沙がこの高校に通う最後の日。

いつものように下駄箱《げたばこ》を覗くと、それはあった。

一通の茶色い封筒《ふうとう》。

体全体が大きく鼓動《こどう》を打った気がした。

——なんで……。

今さらになって、という怒《いか》りが猛《たけ》る。同時に今まで散々に言い包められていた亜梨沙の中の期待が静かに頭をもたげた。

しばし下駄箱の前で立ち尽くしていたが、後ろめたいことでもしているかのように周囲を見回して封筒をカバンに押し込む。

何事もないように靴《くつ》を履《は》き替《か》えて歩き出すが、その足取りは頼《たよ》りない。

教室の戸を開く。挨拶をするクラスメイトにこやかに手を振るが、指先は震《ふる》えていた。

「朝比奈さんおはよう」

「おーっす」

すでに席にいた誠也と創が挨拶をしてきて、亜梨沙はピクリと小さく震えた。

「……ええ、おはよう」

何とかそれだけ返して席に着く。

中身を確認したいが、さすがにここで確認するのは気が引ける。

——昼休みにでもどこか別の場所へ行って確認しよう。

いっぱいいっぱいになっている頭で辛《かろ》うじてそれだけ決めた。

授業が始まっても後ろ側の席に座る誠也と創が気になって集中できない。向こうからも視線を感じる気がするものの、実際にそうなのか自意識過剰《かじょう》から来るものなのか判断がつかなかった。当然、振り返る度胸も亜梨沙にはなかった。

昼休みを迎《むか》えて、そそくさと亜梨沙はカバンを抱えて教室を後にする。

校舎の横側についている外階段へ出て、茶封筒《ちゃぶうとう》を取り出した。

のりで接着された封を丁寧に剥《は》がし、中身を取り出す。取り出した便箋《びんせん》は雲の形に縁《ふち》どられて、デフォルメされた動物がプリントされていた。

封筒と便箋のギャップに戸惑いながらも内容を確認する。

『今日の放課後、五時に屋上で待ってます。よろしくお願いします』

かくかくとした硬い印象を受ける字で書いてあった。このシンプルな内容のどこに書き直すところがあったのか、消しゴムで消した跡《あと》がいくつも残っている。

差出人の名前が書かれているが、本当は確認するまでもなかった。茶封筒を人の下駄箱に仕込《しこ》むような人間を亜梨沙は一人しか知らない。

——ちょうどいいのかもしれない。

置き場所のない気持ちに決着をつけるなら、本人と話すのが一番確実なのだろう。

いっそ、亜梨沙の抱える未練が跡形《あとかた》もなくなるくらい失望させてくれることを期待した。

どうせ遠いところへ行ってしまうのだから、それくらいでちょうどいいとすら思った。

万が一想いが通じたところで、物理的な距離《きょり》はどうにもならないのだから。

封筒をカバンに戻す。

食欲はなく、ただ時間が過ぎていくのを願いながら亜梨沙は目的もなく歩き出した。

亀《かめ》の歩みのような午後の授業を終えて、帰りのホームルームで担任の教師に促《うなが》され、前に出て短い挨拶をする。何人かが目を潤《うる》ませているのが意外だった。もう少し話をしてみればよかった、と今さらになって少し後悔する。

ホームルームが終わり、職員室へ向かう。

最後に残った所用を済ませてしばし担任の教師と談笑《だんしょう》する。年配と言っても差し支《つか》えない年齢《ねんれい》の担任は、空港まで行って見送りしてやりたいがなぁと申し訳なさそうに言った。亜梨沙は時々頼《たの》まれて手伝いをしていたこともあり、他の生徒よりも交流があったのだ。しかし担任の方でその日は外せない用事があるらしい。お気持ちだけで十分ですからと、亜梨沙は少し目頭を熱くしながら、心からの感謝と気遣いを込めて口にした。

若干《じゃっかん》の後《うし》ろ髪《がみ》惹《ひ》かれる思いを振り切り、職員室を後にした。

残った用事はあと一つ。扉を閉めて、屋上へと足を向ける。

少し早足になっている自分に気づいて意識して抑えた。

人気《ひとけ》のない薄暗《うすぐら》い階段を上《のぼ》り、蝶番《ちょうつがい》が錆《さ》びついた鉄扉《てっぴ》の前に立つ。スマホで時刻を確認すると約束の時間を十分ほど過ぎていた。一つ呼吸を置いて、取っ手に手を掛けた。鉄扉が甲高《かんだか》い悲鳴を上げ、ゆっくりと外の景色が見えてくる。大きくなった隙間をそろりと潜《くぐ》る。紅に染まり始めた空が視界を満たす。その隅の方に、特徴《とくちょう》のない黒い髪《かみ》の青年がいた。

「来たか」

「ごめんなさい。遅《おく》れてしまって」

「別にいい。急に呼んだのは俺だ」

お互《たが》いに少し距離を感じる話し方。正確に言えば、誠也は誰とでもそんな話し方だから他人行儀《ぎょうぎ》なのは亜梨沙の方だけなのだろう。

「そう言ってもらえると助かるわ」

亜梨沙が俯きがちにしていた顔を上げる。久しぶりに真正面で顔を見合わせた気がした。

——少し彼はやつれただろうか。前よりも輪郭が骨ばっているように見える。そういえば身内の不幸で休んでいたがそれが関係しているのだろうか。

「ねえ、大丈夫？」

考えるよりも先に口が動いていた。

「大丈夫だ」

簡潔な返事にそう、とだけ答える。風が言葉をさらったかのように、二人はそれっきり口を閉じた。

流れていく金色の髪を押さえる。

部活に励《はげ》む生徒の掛け声が遠くで聞こえる。茜色《あかねいろ》の空を飛行機がゆっくりと横断している。並び立つビルで歪《いびつ》になった地平線の向こうから夜が迫《せま》っている。この学校最後の日がもうすぐ終わるのだな、と実感が染《し》み入る。

「ずっと」

ポツリと誠也が口を開く。

「あれからずっと考えていた」

「……」

「どうして朝比奈さんの弁当にこだわるのか」

「そう。答えは出たの？」

「ああ」

目の前にあるものの輪郭をなぞるように、誠也ははっきりと答えた。

「じゃあ、教えて」

言葉をまとめているのか誠也は黙《だま》りこくっている。

興奮のような、胸騒《むなさわ》ぎのような、形容しがたい感情が亜梨沙を焦《じ》らすが、急《せ》かすことはしなかった。彼なりに自分の抱える思いと真摯《しんし》に向き合ったのだろうことはわかったからだ。

「俺の世界は、ずっと母さんを中心に回っていた」

急な話題の変更《へんこう》に亜梨沙は戸惑う。

「優しい母さんが好きだった。母さんの喜ぶ顔が好きだった。小さい頃は母さんを笑わせるためにいろいろやった」

優しい記憶《きおく》を懐古するような、柔和《にゅうわ》な色が誠也を彩《いろど》る。普段《ふだん》は無機質な彼のそんな様子に驚《おどろ》きながらも、亜梨沙は共感を持って、語る誠也を見ていた。

——同じだ。

誠也の語る心情は亜梨沙が父に対して抱えるものとよく似ていた。父に認めてもらいたくて勉強し、習い事に食《く》らいつき、理想の生徒として、理想の娘《むすめ》として振る舞い続けている。

「でも、離婚して母さんは変わった。毎日泣いて笑わなくなった。そのうち俺の顔を見ると怒《おこ》るようになって家にもあまり帰ってこなくなった。それでも俺は母さんが喜びそうなことを探してやり続けた」

誠也の黒い瞳が翳《かげ》る。先ほどまでの柔らかな色が暗いベールに覆われる。それでも母を語る誠也の様子は普段からは考えられないほど感情に満ちている。

「もう一度母さんに愛されたくて、俺はずっと模索《もさく》していた」

相手の望む言葉を探し出して与《あた》える誠也の性質。それは母親の気を引きたいという、子供のようないじらしさから生まれたのではないか。ふと亜梨沙は思う。それは断片的《だんぺんてき》な情報による想像でしかないが、きっと正しいのだという確信があった。

ふう、と熱を逃《に》がすように誠也が息を吐く。呼気とともに浮《う》かび上がっていた彼の感情が空気に溶《と》けていく。

「一目惚《ひとめぼ》れだった」

唐突《とうとつ》な切り出し方に再び面食らう。

「朝比奈さんが教室で食べていた弁当。目が離《はな》せなかった」

「……ああ」

複雑な気分で相槌《あいづち》を打つ。

家で初めて料理を作った。父に喜んでもらおうと、サプライズで弁当を作ろうと思い立って、一人でこっそり作ってみたのだ。だが何度やっても駄目《だめ》で、これはとても父には見せられないと自分の昼食にしたのだ。

「あの時朝比奈さんは指をたくさん怪我《けが》していた。どうしてだ？」

「それは包丁で指を切っちゃって……」

「どうして失敗した弁当をわざわざ教室で食べた？」

「それは――」

言いかけて口をつぐむ。

――なんでだろう。

教室で食べたせいで弁当が衆目にさらされることになり、裏で散々バカにされた。あの時のことを考えると今でも顔から火が出そうになって、枕に顔を埋《うず》めて叫《さけ》びだしたくなる。

だからこそ、誠也が弁当にこだわっているのも悪質な冗談《じょうだん》なのだと思った。

失敗のし過ぎで感覚がマヒしていたのか。あの弁当へ至るまでに何度も食べ物とも呼べない何かを作ってきたから。

――いや、違う。私があれを何でもないことのように教室で開けたのは――

「お父様のために作った弁当を、後ろめたい物にしたくなかった」

砂に埋もれた宝物をそっと拾い上げるように、亜梨沙は思いを言葉に乗せる。

失敗したからと、なかったことにしたくなかった。

それは、今まで作り上げてきた完璧《かんぺき》な人物像に対する、反抗心もあったのかもしれない。

本当の自分は父を尊敬するただの小娘《こむすめ》に過ぎないという、後先考えない叫びだった。

嘲笑《ちょうしょう》に塗《まみ》れたあの教室で、ただ一人それを聞き留めた青年は粛々《しゅくしゅく》と頷《うなず》く。

「朝比奈さんの弁当を見た時、昔のことを思い出した」

まだ姿を見せない星を探すように、誠也は空を見上げる。

「遠足の日、母さんは二段重ねの小さな弁当を持たせてくれた。俺の好物ばかり入っていた」

抑えられた声は、隠《かく》しきれない親愛の念に彩られていた。

「運動会の日、母さんが食べきれないくらいの弁当を作ってくれた。大事にされてる気がして、嬉しくて頑張《がんば》ろうと思った」

それはきっと誠也にとって輝《かがや》いていた頃の思い出。

まだ愛されることが当たり前だった頃の記憶。

「そんな、昔のことを思い出した。朝比奈さんの弁当が思い出させてくれた」

空に向けていた視線が亜梨沙を捉《とら》える。誠也の硬質《こうしつ》な瞳に明確な意思が宿る。

「だから、朝比奈さんの弁当が食べたい」

真っすぐに貫《つらぬ》く視線に強い力を感じる。

嘘《うそ》はない。

思いと言葉に一切の齟齬《そご》がない、無駄《むだ》をそぎ落としたその一言。

――でも、本当のことも言っていない。

亜梨沙が抱《かか》える疑念は未《いま》だ晴れない。

確かめるにはただ一言。

誠也と同じように一切の無駄を省いた一言があればそれは晴らせる。

――伝えてくれた誠也に敬意を払《はら》って、私も言わなければいけない。

亜梨沙は喉元《のどもと》で飛び出すのを躊躇《ちゅうちょ》している言葉の背中を押した。

外面ばかり気にして聞けなかった一言を。

「ねえ――」

ずっと聞けなかった一言を。

「――私のこと好き?」

足が震える。

頭がくらくらする。

呼吸が浅くなる。

ずっと、亜梨沙の頭の片隅に燻っていた疑問だった。誠也の告白が悪戯《いたずら》ではないと思い始めてからずっと。惹《ひ》かれ始めてからは怖くて聞けなくて、でもそのままにしておくこともできず、弁当に固執《こしゅう》する理由を聞いてみたりもした。ぽっかりと空いた穴の縁《ふち》を、ふらふらと歩きながら恐《おそ》る恐る覗《のぞ》くように核心《かくしん》を避《さ》けてきた。

誠也が動く気配を感じて、顔を上げる。

「……好きではないと思う」

彼《かれ》は何度か口を開いては閉じてを繰り返した。

「……そう」

――やっぱり。

そんな思いが真っ先に浮かんだ。

言われてしまえば、案外あっけないものだった。目を逸《そ》らしていただけで、薄々勘《うすうすかん》づいてはいたのだ。収まるべきところに収まったという感覚が亜梨沙の頭を占める。ともすれば落胆《らくたん》よりも安堵《あんど》の方が大きかったのかもしれない。

――少しだけ、本当に少しだけ残念だけど。

「――でも」

亜梨沙の思考を誠也の声が止めた。

諦観《ていかん》と、押し込《こ》めようとしていた落胆があった場所に空白ができる。

「でも、好きになりたい」

「え――?」

声が、漏《も》れた。

「どんなに指を怪我しても、どんなに料理が苦手でも、一心に相手のために作られた朝比奈さんの弁当に、俺は一目惚れした」

誠也は語る。

あなたがこれを食べて元気になれますように。

あなたが疲《つか》れていても笑顔《えがお》になりますように。

空になった箱を持ってあなたが無事に帰ってきますように。

そんな、渡した相手の無事を祈《いの》る願いこそが弁当の本質なのだと。

たかが弁当に、世界の真理でも読み解いているような大仰《おおぎょう》な理論を、誠也は真面目に、真摯に語る。たとえ笑われても、バカにされても、少なくとも、それは間違《まちが》いなく彼の世界にとって何より重要なことなのだと、必死に語る誠也の姿はそれを理解させるのに十分だった。

「弁当とは愛だ」

誠也の瞳がじっと亜梨沙を見つめている。

無機質なその目の奥に宿る純粋な欲望が、今なら手に取るようにわかる。

「そんな風に俺も愛されてみたいと思った。そんな人に愛されたいと思った」

ただ無垢《むく》な、子供のような誠也が見える。

「朝比奈さんを好きになりたい。誰かに愛されるのなら朝比奈さんがいい」

精一杯《せいいっぱい》の誠意に満ちた言葉が。愛に至らない好意が亜梨沙の心を揺《ゆ》さぶった。

「だから――」

視界が歪む。

喉が締《し》め付けられる。

「──俺と、付き合ってほしい」

──なんて、純粋《じゅんすい》な人なんだろう。

眩《まぶ》しいくらいの純真が、亜梨沙を照らす。

今すぐ駆け寄って抱きしめたい。孤独《こどく》に震えるこの人を包んであげたい。

そんな欲求が胸を焦がす。

「……ごめん、なさい」

──そこまで思っていながら、誠也の気持ちに応えない自分はなんて情けない女なのか。

「……ごめん……なさい」

もはや亜梨沙の足を止めていたのは理屈《りくつ》ではなかった。

彼女《かのじょ》の理性は誠也の言葉に嘘はないと判断している。普通《ふつう》の人なら隠すだろう部分まで正直にさらしてくれたと感じている。これ以上ないほど亜梨沙自身も誠也を好いている。

それでも。

「……怖《こわ》いの」

初めて抱いた恋慕《れんぼ》は、あまりにも彼女を変えすぎた。今までの自分が消えてなくなるのではないか。今まで自分が大事にしてきたものを全て捨ててしまうのではないか。

腕《うで》を組む誠也と女性が歩いている。

二人が角に消えるまで、亜梨沙は呆然《ぼうぜん》とそれを見送ることしかできなかった。

――ねえ、私は遊ばれているだけなの？


全て捨てた結果、裏切られるのではないか。亜梨沙は痛みに喘ぐように胸を押さえた。誠也の回答を聞けば越《こ》えられるかもしれないと思った。しかし結局、誠也に期待させるだけ期待させて裏切るような結果になってしまった。

「そう、か」

誠也が顔を俯ける。

それを見てまた胸が締め付けられるように痛む。この期《ご》に及《およ》んで胸を痛めて善人面する自分の身勝手さに亜梨沙は嫌気《いやけ》が差した。だが、それでも誠也のもとへ行く覚悟《かくご》も、あの時の光景の意味を誠也に問う勇気も亜梨沙にはなかった。

「時間を取らせた。用件は以上だ」

亜梨沙を責めるでもなく、淡々《たんたん》と誠也は口を動かす。

彼の瞳に先ほどまでの力強さはなく、鉱石がはめ込まれたように無機質だ。

「転校しても頑張ってほしい」

亜梨沙の視界が滲《にじ》む。差し伸《の》べられた手を払った自分に泣く資格なんてないのだから。そう言い聞かせて、目頭に力を込めて堪えた。

「ありがとう。あなたも、頑張って」

声の震えを無理やり抑えて捻《ひね》りだすように言った。

「じゃあね」

「ああ。さようなら」

いよいよ涙《なみだ》がこぼれそうな感覚があって、見られる前に屋上を後にする。

「……そうか」

消え入りそうな声で呟《つぶや》かれたそれに、亜梨沙は何も言えず胸中で謝《あやま》り続けていた。

◇　◇　◇

創がいつまでも帰ってこない誠也を追って屋上へ向かったのは、夕日が顔を沈《しず》め始めてからだった。結衣もついてこようとしていたが、頼み事をしてそちらに行ってもらった。ありありと不満を浮かべていた結衣だったが、大人しく従ってくれた。

屋上へとつながる鉄扉は半開きになっていた。身を捩《よじ》るようにして潜る。

誠也はフェンスを掴《つか》み、街並みを眺《なが》めていた。

「よお、どーだった？」

創は努めて軽い口調で話しかける。

誠也は振り向くこともなく答える。

「駄目だった」

「そーか」

横に並び、創もフェンス越《ご》しの景色を眺めた。

暗くなり始めた空は紫色が濃《こ》くなっている。学校前の車道をヘッドランプの点灯した車が走っていく。

「思ってることは全部伝えた」

誠也がポツリポツリと亜梨沙との会話を零《こぼ》す。

もしかしたら、創に聞かせるつもりすらないのかもしれない。

「これで駄目なら仕方ない」

誠也の独白を聞きながら、創は熱を帯びる感情を自分の内に感じていた。

「で？」

「……？」

「それで、どーすんのかって聞いてんだよ。きっぱり諦《あきら》めんのか」

乱暴な口調で問う創の言葉に、誠也は俯《うつむ》いた。

「……やれることはやった」

「……違《ちが》うだろうが」

沸々《ふつふつ》と込み上げる、失望と怒り。創は込み上げるまま、それを言葉に乗せる。

「てめえはそうじゃねえだろ」

どんなに虐《しいた》げられても、関《かか》わることを諦めなかった。

創はそんな姿を見て、嫉妬《しっと》しながらも憧《あこが》れた。

「何が正解とかそんなんわからねえ。もう手遅《ておく》れなのかもしれねえ」

人を信じられなくなった人に、どうやったら信じてもらえるのか。誠也の母が変わってしまった時、小さかった創は幼いなりに考えて誠也を真似《まね》るように行動を起こした。

最後に抱《だ》きしめられた時の記憶が脳裏《のうり》を過る。

――確かにあの時、あの人は俺《おれ》のことを信じてくれたんだ。

「それでもあっさり引き下がるのはおまえじゃねえだろ！　どんだけ邪見《じゃけん》にされてもバカみたいにしつこいのがおまえだろうが。今さら普通気取ってんじゃねえよ！」

——あの後、俺は結局、あの人から逃げてしまったけど。おまえなら、できるだろ？

「いつまでも人の言いなりになってんじゃねえよ！」

胸倉《むなぐら》を掴んで突《つ》き付ける。いつか創自身が打ちのめされた、誠也の真価を。

「見せつけろ！　おまえのしつこさを。朝比奈がため息ついて、諦めることを諦めるくらい食らいつけよ！」

「創……」

胸倉を掴んだ手を下ろす。

誠也の肩《かた》に手を置き、縋《すが》るようにその胸に額を当てた。

「……頼むよ。俺だって朝比奈のダチなんだ。こんな終わり方嫌《いや》だけどよ……俺じゃ駄目なんだよ」

「……」

皺《しわ》になったワイシャツの襟元《えりもと》を誠也はゆっくりと伸ばした。

「……創」

「なんだ」

「痛かった」

「そうか。わりいな」

「創」

「なんだ」

「ちょっと出かける。後で連絡《れんらく》するから協力してほしい」

「おう、そうか」

「創」

「なんだよ」

「おまえがいて、よかった」

「……お互い様《さま》だろ」

言うなり駆けていく誠也の背中に小さく呟く。

――おまえがあの時、自分をさらけ出してくれたから、俺はあの人を憎《にく》む自分に折り合いをつけられたんだ。

何をしようとしているのかはわからない。だが、もう大丈夫なのだと思う。誠也はもう迷わないという確信が創にはあった。

誠也と入れ違いに結衣が屋上にやってきた。

「先生に聞いてきましたよ。朝比奈さんが日本を発《た》つ日。明後日です」

「そうか。……結衣、悪かったな。せっかくのチャンス潰《つぶ》しちまって」

創の言葉に察するものがあったらしい。結衣はむくれたような顔をした。

「そうですよ。落ち込んだ先輩《せんぱい》に取り入って夜の街にしけこむチャンスだったのに」

ぷんすかと文句を言う結衣を宥めながら空を見上げる。

——頼まれたんだ、あの時確かに。

飛来するのは、誠也の母に合わせて創も慣れない手つきで金髪《きんぱつ》に染めたあの日の記憶。

まばらに染まる創の髪を見て、誠也の母はきつく創を抱きしめた。肩に広がる温かく湿《しめ》った感触《かんしょく》もよく覚えている。

そして、そうであることが当然であるかのように、ずっと不明瞭《ふめいりょう》だった言葉が今そこで言われているかのように思い出される。

——いつか、私が駄目になったら。お兄ちゃんが誠也を守って。お願いね。

今まで誠也の母にされてきたことを創は許そうとは思わない。綺麗《きれい》な思い出だけが残っているとと言うつもりもなかった。だが——

——任せとけ、母さん。

あの日できなかった返事を、創は笑いながら空に放った。

昨日の宣言通り、協力を要請《ようせい》されて創と結衣は誠也宅に訪《おとず》れていた。

「料理を教えてほしい」

二人が入るなり誠也に深く頭を下げられて、現在は目下特訓中である。

『先輩？　塩はそんなに入れたら駄目ですよ？』

『ちょっ先輩⁉　だからって砂糖をそんなに入れても帳消《ちょうけ》しにならないですから！』

『猫《ねこ》の手ですよ、猫。にゃおーですよ。うふ、可愛《かわい》いですか？　寝室《しんしつ》行きますか？』

「何やってんだあいつら……」

創は頬杖《ほおづえ》をついて休憩《きゅうけい》中で、現在の時刻は二十時を回ったところだ。特訓を始めた昼頃《ひるごろ》は二人で指導していたが、途中《とちゅう》から一人ずつ交代で見ることになり今は創が休憩中だ。

台所から漏れ聞こえてくる声を聞く限り何とも楽しそうにやっているようだが、聞いている側はどうにも不安を煽《あお》られる。

テーブルを指でとんとんと叩《たた》く。

結衣も料理はある程度できるようだったから大丈夫《だいじょうぶ》だとは思うのだが、誠也が関わった時の彼女は暴走するので手放しの信頼《しんらい》はし難《がた》い。後、誠也の不器用っぷりも想定外だった。

勉強以外はそつなくこなすイメージだったのだが、他《ほか》にも苦手なものはあったらしい。

『先輩血出てますよ、血！　ちょっと手貸してください！』

切羽詰《せっぱつ》まった結衣の声にいよいよ我慢《がまん》できなくなって、台所へ顔を出す。

誠也の指を咥《くわ》える結衣と、それを見つめる誠也がいた。

「おまえらホント何やってんだよ」

「応急処置を言い訳にしたセクハラですけど」

結衣が指から口を離し、あっけらかんと言う。

「よし、おまえは休め。俺が代わる」

「ぶーぶー」

文字通りぶーたれる結衣の背中を押《お》し、台所から追い出す。

「もー仕方ないですね。じゃあ私はお邪魔《じゃま》虫みたいですから少し外で用事を済ませてきます。後は若いお二人で……」

「何すると思ってんだよ……」

意味深な笑《え》みを浮かべて去っていく結衣を放置して誠也のもとへ戻《もど》る。

「根詰《つ》めすぎだ。とりあえず絆創膏貼《ばんそうこうは》って少し休め」

既《すで》に絆創膏だらけの手をちらりと見ながら言う。しかし誠也はゆっくりと首を振った。

「時間がない。続ける」

「……そーかよ」

小さく息を吐《つ》き、よし、と気合を入れる。

「じゃあ、やるか」

「頼む」

誠也が絆創膏を指に巻く間に創が調理器具を洗う。何度目になるかもわからないその作業を二人は黙々《もくもく》と繰《く》り返した。

◇◇◇

くゆらせた紫煙《しえん》は空気に消えることなく、店の中に停滞《ていたい》して留《とど》まり続ける。ため息とともに吐き出した煙《けむり》も同じだった。

去年の今頃《いまごろ》も同じだった。きっと来年の今頃も変わらないのだろう。その癖《くせ》、最近腰《こし》は痛いし、細かい字も読めなくなってきた。変わらないというなら健康年齢も平等にそうあるべきだろうが、と愚痴《ぐち》を言いたい気分になる。

開店してまだ一時間も経《た》っておらず、夜はまだ長い。元々満員御礼《おんれい》とは無縁《むえん》の商売だ。忙《いそが》しさで時間を忘れることはできず、この暇《ひま》をどうやって手のひらの上で転がせるかを考えることで暇を潰していた。

だから扉のベルが鳴った時も、表面上は仏頂面《ぶっちょうづら》を気取りつつ心の内では歓迎《かんげい》していた。

現れた結衣は、走ってきたのか苦しそうに胸に手を当てながら息を切らしている。色素の薄《うす》い髪が肌《はだ》にはりつき、頬《ほお》は上気している。このまま働かせれば一儲《ひともう》けできるだろうか。

頭の片隅《かたすみ》に過《よぎ》ったが、それをおくびにも出さずタバコの火を消しながら声を掛《か》けた。

「あんた今日非番だろ。どうした？」

答えようとするが、息が上がってそれどころではないようだ。客用のウォーターサーバーを指さして、返事を急かすでもなく落ち着くのを待つ。

紙コップに注がれた水を一息に飲み干して、結衣は口を開く。

「あの、ママにお願いがありまして」

「……お願い？」

キョトンとママは腫《は》れぼったい小さな目を丸くした。

「珍《めず》しいね。あんたが誠也以外の人間に頼るなんて」

「ええ、まあ……」

愛想笑《あいそわら》いを浮かべてお茶を濁《にご》そうとする結衣に、疑念が深くなる。

「あの、ですね」

もじもじと落ち着きがない。

「お給料を、前借りさせてほしい、の、ですけど……」

「ふぅん」

ママは顎《あご》に手をやる。

「理由を聞かせてもらおうか」

借金のカタで売られた人間を働かせるような店だ。金を正規の手段以外で得ることの重みを、結衣も分かっているはずだが。ママは胡乱《うろん》な目を向けた。

「もしかしたら、必要になるかもしれないから……」

「もしかしたらで前借りしようってのか」

ドスの利《き》いた声で問えばピクリと結衣が震える。それでも引き下がろうとはしない。

「はい。もしかしたら必要ないかもしれないです。……でも絶対に後悔《こうかい》したくないし、してほしくもないんです」

何があるのかは知らない。だが少なくとも結衣にとっては重要なことなのだろう。それはつまり――

「誠也のためか」

「……いいえ、私のためですよ。私はいつだって私のためにしか動きませんから」

俯き、顔を上げようとしない少女を見ながらため息を吐く。

「そーかい」

――素直《すなお》じゃない。いや素直になれないのか。

「いずれにせよ、前借りは認めない。この店で働いてるなら、言ってる意味はわかるね」

「そう、ですよね」

結衣が肩を落として踵《きびす》を返す。また彼女はそこら中を駆《か》けずり回るのだろうか。そもそもここ以外の当てなどあるのか。

――不器用な子だよ。まあでも――

「その代わりといっちゃあなんだが」

カウンター下の棚《たな》を開き、目当ての物を取り出す。それにレジから取り出した札を適当に詰《つ》めた。

「もうすぐ勤続三年だろ。少し半端《はんぱ》な時期だが祝い金だ」

――私も大概《たいがい》だね。

しかし差し出された茶色い封筒《ふうとう》を結衣は受け取ろうとはせず、気まずげにママを見た。

「あの、まだ半年以上ありますけど」

「……細かいこと言うんじゃないよ！」

ママは顔を赤らめながら怒鳴《どな》りつける。

「……本当に、いいんですか？」

「気が変わらないうちに早く行きな」

「――はい。ありがとうございます！」

札の入った茶色い封筒を両手で丁寧《ていねい》に受け取り、結衣は深く頭を下げた。大仰なその動作にママは誠也を重ねた。

――この封筒はね、渡《わた》す相手に対する誠意の証《あかし》なんだよ。

いつだか給料を渡す時、気まぐれにそう誠也に話したことがある。

それ以来彼はこの茶封筒を受け取る時、必ず両手を添《そ》えて深く礼をするようになった。

何とも真面目《まじめ》で素直な子だと思った記憶がある。

「なあ、あんた達《たち》はいい子だよ。私が保証する」

誠也の顔を思い浮かべる。

――どうしようもなく不器用で自分に価値を見出《みいだ》せない哀《あわ》れな子。誰《だれ》よりも純粋な心を持ちながら周りからは理解してもらえない可哀《かわい》そうな子。長年付き合った私ですら未だ理解に苦しむ孤独な子。

そして。

宝物のぬいぐるみにするかのように、愛《いと》おしげに汚《よご》れた金を胸に抱く少女を見つめる。

——他人の不幸で生きる悪党にそんな資格がないことはわかっている。

そうだとしても、ママは溢《あふ》れる思いを堪《こら》えることができなかった。

「しばらく酒とタバコはお預けだね」

開け放たれた扉《とびら》の向こうへ消えていく背中を見送りながら呟く。

外の空気がママの頬を撫《な》でる。店に漂《ただよ》う紫煙は晴れていた。

◇　◇　◇

「できた……」

達成感と解放感が創を包んだ。

目の前のテーブルには四角い包みが一つ。

「創、結衣、助かった」

頭を下げる誠也の顔にもさすがに疲労《ひろう》が色濃《いろこ》く出ている。

時計を見れば時刻は深夜二時を回っていた。

「結衣、朝比奈が出発するのって朝の便だったよな？」

「そうです」

「……」

今の時間だと公共の交通機関は使えない。かといって始発では間に合わない。

誠也と創が思考を巡《めぐ》らせていると結衣がおもむろに口を開いた。

「あの、さっき頃合《ころあ》いを見計らってタクシー呼んだので使ってください」

「マジか！　やるじゃねえか」

後輩《こうはい》の機転に思わず顔が綻《ほころ》ぶ。

「結衣、ありがとう」

頭一つ分小さい結衣に目線を合わせ、誠也は肩に手を置き感謝を告げた。

「先輩のためですから」

結衣は透明《とうめい》な笑みでそれに応じる。その様子を創は見つめていた。

「着替《きが》えてくる」

誠也がリビングを出て行く。その直後にカーテンがテールランプの赤色を透《す》かした。

創と結衣は包みを持ち、別室で着替える誠也に一声掛けて外へ出る。

夏とはいえ、この時間になると薄着《うすぎ》では少し肌寒《はださむ》さを感じる。暗く静まり返った住宅街に、タクシーのアイドリングの音だけが響《ひび》いていた。

運転手に待ってもらえるように話を通す。ほどなくして誠也が現れた。

「なんで制服なんだよ……」

創がポツリと突っ込む。誠也はワイシャツと黒いスラックスという学校指定の夏服に身を包んでいた。誠也は創から包みを受け取ると、学校指定のカバンにそれを入れて後部座席に乗り込んだ。

「あの、先輩。これ使ってください」

「これは？」

誠也が訝《いぶか》しげに結衣へと問いかけた。差し出された茶色い封筒はラブレターでもなければ、入っている物は一つだろう。

「ママのところへ行ってもらってきました。急な話ですし何かと入用だと思うので」

「受け取れない。自分でどうにかする」

突っ返そうとする誠也の手を結衣はそっと包《つつ》み込んだ。

「先輩今家の都合で手持ち少ないですよね？　私は大丈夫ですから。その代わり貸すだけです。だから——」

ぎゅっと、結衣の誠也の手を握《にぎ》るそれに力がこもる。

「——どんなに遅《おそ》くなってもいいですから。お願いだから……必ず私のもとへ返しに来てください」

「……わかった」

「絶対、ですよ……？」

誠也が頷くと結衣は強張《こわば》った笑みを浮かべた。

ドアが閉まり、タクシーは小さくなっていく。

創と結衣はそれをずっと見送っていた。

「別にわざわざ金なんて用意しなくてもよかったんじゃねえか？　仮にあいつが朝比奈と一緒《いっしょ》に行くって言ったとしても、流石《さすが》に一旦《いったん》帰ってくるだろ」

「そうでしょうね」

「なら――」

「でももしかしたら、そうじゃないかもしれません」

隣《となり》に並ぶ結衣を見る。彼女は堅《かた》く口を引き結んでいた。

創はそれを見て「わりぃ」と、連ねようとしていた言葉を飲《の》み込む。

代わりに別の言葉を口にした。

「なあ、本当によかったのか？」

――朝比奈のところへ行かせて。おまえの気持ちはどうすんだよ。

後半は言葉にはしなかった。

結衣は遠く離《はな》れていく想《おも》い人を見つめながら口を開く。

「……先輩と私の関係が変わるわけじゃありませんから」

前にも聞いたその言葉は、自らに言い聞かせるようにも聞こえた。

「そうか」

ため息交じりに言って頭をかく。見上げれば星が散らばり、月は雲間から顔を覗かせている。誠也が亜梨沙についていったなら、同じ時に空を見上げても見える星は違うのだろう。

「おまえ、かっこいいよ」

俯く小さな後輩の顔は、髪《かみ》に隠れて見えなかった。

終章

空港のソファに座《すわ》り、亜梨沙は流れていく人波を見るともなく見ていた。

父親に会うのだからと清楚《せいそ》に着飾《きかざ》ったワンピース。今はそれが周囲から酷《ひど》く浮《う》いているように、亜梨沙は感じた。

人波を、見るともなく見ている。

何に使うのかというほど大荷物の人もいれば、それで足りるのかと問いたくなるほど身軽な人もいる。

——何かを探している。

日本を発つにあたって、持っていく物の確認《かくにん》は十二分に行っている。

それでも何か欠けている物がある、という感覚が亜梨沙にずっと付き纏《まと》っている。

「そろそろお時間です」

使用人に声を掛けられて亜梨沙は立ち上がる。

——なさん。

鼓動《こどう》が飛び跳《は》ねる。

振《ふ》り向いた。

見知らぬ人の壁《かべ》が右へ左へと忙《せわ》しなく流れている。

期待してしまった自分に俯き、亜梨沙は再び歩き出す。

——朝比奈さん。

もう振り返らない。

亜梨沙は前を歩く使用人の後に機械的についていく。

「朝比奈さん」

肩を掴まれた。

亜梨沙は目を見開き、振り向く。

「……牧、君」

「やっと、見つけた」

息を切らした誠也がそこにいた。

なりふり構わず走ってきたのか、着ている学校指定の制服は乱れていた。季節外れの黒い手袋《てぶくろ》がはめられたその手には学校指定のカバンを提《さ》げている。

「今日、日曜日よ？　なんで制服着てるの？」

突然《とつぜん》現れた誠也になんと言ってよいかわからず、亜梨沙はそんなことを聞いた。使用人が気を利かせたのか、会釈《えしゃく》一つしてその場を去っていくのが視界の端《はし》に見えた。

「朝比奈さんに別れを告げるのは、大事なことだと思ったから正装を選んだ」

「……そう」

別れ、と聞こえた時、亜梨沙の胸が痛んだ。しかしすぐ自嘲《じちょう》の念が痛みを埋《う》める。

「初めて告白してから今まで、朝比奈さんといられて楽しかった」

「……」

「これからも頑張《がんば》ってほしい」

誠也の簡潔な言葉《ことば》遣《づか》いと平坦《へいたん》な声。ちらりと亜梨沙は誠也の額を濡《ぬ》らす汗《あせ》を見る。必死に捜《さが》し回っただろうその行動に見合わない、素っ気ない言動。

「ありがとう」

他人行儀《ぎょうぎ》な声色《こわいろ》が亜梨沙の口から飛び出した。

もう二、三言交わせば終わってしまう。

そんな予感に、亜梨沙はワンピースの裾《すそ》をぎゅっと握った。

「牧君も頑張って」

——嫌だ。もっと話したい。もっと一緒にいたい。

胸に萌《も》ゆる小さな芽が声を張り上げていた。

しかし、その声は虚勢《きょせい》と疑念で編まれた囲いに遮《さえぎ》られて届かない。

「じゃあ、私行くから」

亜梨沙は言いながら、胸の内で行きたくないと叫《さけ》んでいた。

「牧君も元気で――」

「最後に、朝比奈さんに渡したいものがある」

「え――？」

叫んでいた内の声と揃《そろ》って戸惑《とまど》いの声を上げた。

誠也はそんな亜梨沙の様子を気にすることもなく、手に持っていた学校指定のカバンから四角い包みを取り出す。

息を呑《の》んだ。

「弁当を作った」

差し出されたそれを震《ふる》える手で受け取る。

「向こうでも朝比奈さんが上手《うま》くやれることを祈っている」

呆然と手の内に収まるそれを見つめた。

不器用な手が探《さぐ》るように、それでも優《やさ》しく囲いを退けて、小さな芽に暖かい光が差した。

──弁当とは愛だ。

真摯《しんし》に語る誠也の言葉が、表情が、瞳《ひとみ》の奥《おく》で燃えるいたいけな欲望が蘇《よみがえ》る。


あなたがこれを食べて元気になれますように。

あなたが疲《つか》れていても笑顔《えがお》になりますように。

空になった箱を持ってあなたが無事に帰ってきますように。


「ずっと、朝比奈さんの無事を願っている」

鼻の奥がつんと痛くなる。手袋のはめられた誠也の手が目に留まる。

「ねえ、手袋外して」

「……困る」

「いいから、お願い……」

しばらくの沈黙《ちんもく》の後、誠也が渋々《しぶしぶ》といった様子で手袋を外した。

そこにあるのは絆創膏だらけの両手。

目の前の包みと誠也以外の全《すべ》てが歪《ゆが》んで見えなくなる。

「……牧君はバカよ。こんな、わざわざこんなところまできて……」

「ああ」

「非常識」

「知ってる」

「女たらし、お弁当バカ、料理下手！」

「料理下手は朝比奈さんもだ」

「うぅ――！」

誠也が何を考えているのか未《いま》だ亜梨沙にはわからない。

腕を組む誠也と女性が歩いている。

二人が角に消えるまで、呆然とそれを見送ることしかできなかった。

――いつか、傷ついて後悔するのかもしれない。

「……んね」

それでもどうしようもなく、傷ついてでも信じたいと亜梨沙は思ってしまった。

誠也が歩み寄るよりも早く、亜梨沙は一歩踏《ふ》み出す。

「ごめんね……酷いことしてごめんねぇっ……！」

恥《はじ》も外聞もなく縋りつく。

「好き、好きなの！　離れたくないよぅ」

ずっと押し込《こ》めていた思いが溢れ出す。駄々《だだ》をこねる子供のように必死にしがみつく。

何事かと見てくる人の視線には目もくれずさめざめと泣く亜梨沙に、誠也はゆっくりと腕《うで》を回し幼子をあやすように背中を優しく叩いていた。

離れたくない。

一緒にいたい。

ただそれだけが、亜梨沙の頭の中を占《し》めていた。

亜梨沙を抱きとめていた誠也が口を耳に寄せる。

「朝比奈さんは、行かなければいけない」

誠也は亜梨沙の肩に手を置き、優しく引き離す。

「朝比奈さんがレールを進みたいなら、俺はそれを邪魔したくないと思う」

「……っ」

「朝比奈さんが幸せになるためなら、俺は望んで我慢する」

「……うん」

「ずっと、ここから朝比奈さんを思ってる」

「……うん、……うんっ！」

「だから、朝比奈さんには笑っていてほしい」

ただただ頷《うなず》きながら、亜梨沙は誠也の言葉を刻みつける。

いつか辛《つら》いことがあって、心が磨《す》り減っても消えないよう、深く、深く。

「牧君」

「なんだ」

「私、帰ってくるから。絶対また会いに来るからっ！」

「そうか、待ってる」

誠也の素っ気ない返事に、亜梨沙は涙《なみだ》でぐちゃぐちゃになった顔のまま、心の奥底《おくそこ》を明かすような笑みを誠也に見せた。金色の髪が窓から差す一条《いちじょう》の光芒《こうぼう》を受けて輝《かがや》いている。

澄《す》んだ青い瞳の中には誠也が映りこんでいた。

――はっ、はぁぁぁ先輩尊いぃぃ！

――おい暴れるなバカ！

ふと、どこかから聞き覚えのある声。

「え――？」

亜梨沙が目を拭《ぬぐ》いながら声のした方に目を向ける。そこには柱の陰《かげ》からこちらを見ている一組の男女がいた。

「あっ……ふぃ～ふふぃ～……」

「口笛、鳴ってねえぞ……」

眠《ねむ》たげな目を逸《そ》らす少女と、額に手を当てて天を仰《あお》いでいる金髪の青年。

「創、結衣、来たのか」

誠也に名を呼ばれて観念したのか、気まずそうに二人が歩いてきた。

「いや、誠也を見送った後、やっぱり我慢できないって結衣が言ってよ」

「へ？　いやいや私は健気《けなげ》な薄幸《はっこう》の美少女気分に浸《ひた》ってたのに、創さんが無理やり連れてきたんじゃないですか！」

「う、うるせえよ！　なんだかんだおまえだってノリノリだったじゃねえか」

亜梨沙と誠也そっちのけで創と結衣が喧嘩《けんか》を始めた。取り残された亜梨沙と誠也が思わずといったように顔を見合わせる。

「困った」

「……ぷっ、ふふ」

全然困ったようには見えない表情でぼやいた誠也を見て噴《ふ》き出した。

それを見た創と結衣も言い合いを止めてゆるゆると笑んだ。

これから待っている現実も、今だけは遠く。

溺《おぼ》れそうな人波の中で、四人はいつものように足掻《あが》き続けていた。


心臓に悪い振動《しんどう》が収まり、シートベルトのランプが消えた。

亜梨沙はそれを確認して、宝箱を開く童女のような心持ちで包みの結び目に手を掛けた。

包みを解くと、シンプルな銀色の弁当箱が現れた。箱の隅《すみ》には黒猫《くろねこ》がプリントされている。

弁当箱を品定めする誠也を想像して、小さく笑みを浮かべながら蓋《ふた》を開ける。

少し片側に寄ってしまったおかずと黒ゴマを振りかけられたご飯が現れた。

そのうちの一つ、少し黒く焦《こ》げて崩《くず》れた玉子焼きを口に入れる。

「美味《おい》しくないよ、牧君」

加減を間違《まち》えたのか、塩味が強い。

きっと他のおかずもあまり美味しくはないのだろう。

それでも次、また次と箸《はし》を動かして口に入れていくことを止めようとは思わない。

——朝比奈さんの弁当が食べたい。

誠也を近くに感じていた。

○あとがき

本書をお手に取っていただき、誠にありがとうございます。羊思尚生です。

「朝比奈さんの弁当食べたい」いかがでしたでしょうか。楽しんでいただけたなら幸いです。

さて、あとがきを書くということで自分語りも何なので、この作品を執筆する経緯でも。

お話作りの勉強をしていると「大事なことは言葉にしない」というものがありました。

それは作品を通してのテーマだとか、キャラが大事にしている考え方だとかいろいろあるのですが、ザックリ言うと行動や物語の展開で表現するのが名作の共通項らしいのです。なるほど、物語で魅力的なキャラは背中で生き様を語っていて、最高にかっこいい。俺はこれを大事に思っていて云々なんて説明するのは確かに野暮ってものです。

じゃあ、そんな野暮な説明をする話は本当に面白くならないのか？

と、逆張り半分、挑戦半分で作り上げたのが本作です。そのせいで大分もがき苦しんだのですが、読んだ方が少しでも楽しめたなら報われます。

ではページ数も少なくなってきたということで謝辞の言葉を。

担当様及びＨＪ文庫編集部の皆様。

かなり変化球であろう本作に出版の機会をいただけたこと、感謝しております。

ご迷惑をお掛けするかと思いますが、末永いお付き合いをさせていただければ幸いです。


本作のイラストを担当してくださったＵ３５先生。

表紙案を初めて拝見したとき、細やかな部分の配慮に衝撃を受けました。この度は素敵なイラストで本作を彩っていただき、ありがとうございます。


コミカライズを担当してくださる示よう子先生。

帯にイラストを提供していただき、ありがとうございます。Ｕ３５先生ともまた違う魅力的なタッチで描かれたキャラクター達が漫画で動くのが今から楽しみにしております。


その他、まとめてしまい恐縮ですが、本書に関わったすべての方にお礼申し上げます。

皆様の支えがあって本書を世に出すことができました。また、世話をかけてばかりの家族にもこの場を借りて感謝を。

そして最後になりましたが、本書をお読みになった読者の皆様へ最大限の感謝を添えて、あとがきとさせていただきます。

二〇二二年　七月　羊思尚生

HJ文庫 https://firecross.jp/
1019

朝比奈さんの弁当食べたい1

2022年8月1日　初版発行

著者——羊思尚生

発行者—松下大介
発行所—株式会社ホビージャパン

〒151-0053
東京都渋谷区代々木2-15-8
電話　03(5304)7604（編集）
03(5304)9112（営業）

印刷所——大日本印刷株式会社

装丁——小沼早苗（Gibbon）／株式会社エストール

乱丁・落丁（本のページの順序の間違いや抜け落ち）は購入された店舗名を明記して
当社出版営業課までお送りください。送料は当社負担でお取り替えいたします。
但し、古書店で購入したものについてはお取り替えできません。

禁無断転載・複製

定価はカバーに明記してあります。

©Naoki Youshi

Printed in Japan

ISBN978-4-7986-2865-3　C0193

ファンレター、作品のご感想お待ちしております

〒151－0053　東京都渋谷区代々木2－15－8
(株)ホビージャパン HJ文庫編集部 気付
羊思尚生 先生／U35 先生

アンケートはWeb上にて受け付けております

https://questant.jp/q/hjbunko

- 一部対応していない端末があります。
- サイトへのアクセスにかかる通信費はご負担ください。
- 中学生以下の方は、保護者の了承を得てからご回答ください。
- ご回答頂けた方の中から抽選で毎月10名様に、HJ文庫オリジナルグッズをお贈りいたします。

HJ文庫毎月1日発売！

クールな女神様と一緒に住んだら、甘やかしすぎてポンコツにしてしまった件について1

著者／軽井 広
イラスト／黒兎ゆう

孤高の女神様が俺にだけベタ甘なポンコツに!?

傷心中の高校生・晴人は、とある事情で家出してきた「氷の女神」とあだ名される孤高な美少女・玲衣と同棲することに。他人を信頼できない玲衣を甲斐甲斐しく世話するうちに、次第に彼女は晴人にだけ心を開いて甘えたがりな素顔を見せるようになっていき——

発行：株式会社ホビージャパン

幼馴染なら偽装カップルも楽勝!?

ねぇ、もういっそつき合っちゃう?

幼馴染の美少女に頼まれて、カモフラ彼氏はじめました

著者／叶田キズ　イラスト／塩かずのこ

オタク男子・真園正市と、学校一の美少女・来海十色は腐れ縁の幼馴染。ある時、恋愛関係のトラブルに巻き込まれた十色に頼まれ、正市は彼氏役を演じることに。元々ずっと一緒にいるため、恋人のフリも簡単だと思った二人だが、それは想像以上に刺激的な日々の始まりで――

シリーズ既刊好評発売中

ねぇ、もういっそつき合っちゃう?　1～2

最新巻　ねぇ、もういっそつき合っちゃう?　3

HJ文庫毎月1日発売　　発行：株式会社ホビージャパン

フラれたはずなのに好意ダダ漏れ!? 両片思いに悶絶！

夢見る男子は現実主義者

著者／おけまる　イラスト／さばみぞれ

同じクラスの美少女・愛華に告白するも、バッサリ断られた渉。それでもアプローチを続け、二人で居るのが当たり前になったある日、彼はふと我に返る。「あんな高嶺の花と俺じゃ釣り合わなくね…？」現実を見て距離を取る渉の反応に、焦る愛華の好意はダダ漏れ!? すれ違いラブコメ、開幕！

シリーズ既刊好評発売中

夢見る男子は現実主義者 1～6

最新巻　夢見る男子は現実主義者 7

HJ文庫毎月1日発売　発行：株式会社ホビージャパン